藝術看甚麼

天價與無價之間

伍常 著

目錄

Way of seeing

為甚麼一座城市需要藝術？

藝術的拍賣市場，拍賣市場的藝術

目
錄

成為策展人

推薦序

藝術創作是個人的生產，當藝術在社會流通，被詮釋，便產生價值，成為溝通和教育的資源；如被收藏，便成為資本的代幣。藝術家的個人活動啟動了一連串的社會反應。伍常是少數面面俱到的藝術接引人。

藝術在社會的運作相當複雜，藝術品的意義和物質價值的對應關係往往令人困惑——一個人對藝術的追求如何在社會客觀地確立其價值，往往需要集合不同的專家的腦袋條分縷析才得梗概。

伍常集策展人、老師、藝評人、收藏家、藝術顧問諸多身份於一身，對藝術在社會運作見博多識，能輕鬆就個別藝術個案折射出並不顯見的市場邏輯，既見樹木，又見森林。在香港難得一見。

陳育強

香港藝術家、香港中文大學藝術系客座教授

香港是世界藝術市場三大中心之一，但很多香港人卻對這個市場的運作，以及裡頭所發生的種種情況一無所知。偶爾在社交媒體上是能看到一些衣香鬢影的開幕酒會，以及站在展品旁邊的打卡美照，就覺得這無非是一些和普通市民沒有關係的浮華世界。伍常卻用最貼地的角度、坦率踏實的文字為我們打開了一條道路，讓很容易被過分妝點的藝術圈回到人間。

梁文道

香港文化人及傳媒人

推薦序

熱烈恭賀伍常新作《藝術看甚麼——天價與無價之間》隆重出版！本書精選作者過去十多年於藝文界撰寫的重要隨筆，涵蓋藝術市場、文化現象與個人反思，洞察深刻、視野獨到。書中既回應當代香港對藝術價值的追問，也呼應我多年教學時推介的經典讀本——John Berger的*Ways of Seeing*所強調的觀察與思辨精神。伍常以豐富的經驗和本地視角，帶領讀者跳出價格迷思，把握藝術與生活的真正意義。這本書不僅啟發獨立思考，更為香港文化圈注入珍貴的力量與靈感。

馮應謙

香港中文大學社會科學院院長兼
香港亞太研究所所長

認識Heiman伍常多年，他對當代藝術領域有不斷創新變革的嘗試和見解，細讀其文章，他以輕鬆幽默的手法，勇敢評論當今藝術光怪陸離的現象，也有正面的建議和品評。

伍常曾以顧問身份參與多個國際藝術博覽會推廣工作，同時在大學教授科技藝術課程，對電子科技結合藝術創作，有獨到的分析。

這是一本輕鬆小品，既能提升對藝術行業的認識，更能從多角度去欣賞藝術品和明白這生態圈的發展，我誠意推介！

葉楊詩明

大華銀行大中華區行政總裁

推薦序

一直以來

對於自己的作品價值如何

我只有一個答案

無

作品換來麵包與牛油

所以不可或缺啦

作品滿足自己的存在感

所以精益求精吧

但是在以億萬光年為單位的宇宙

人間不過是一瞬

風流總被雨打風吹去

所以

價值

直接是

零

認識Heiman之後

他讓我發現

竟然有人這樣認真地

肯定

別· 人· 作· 品

的價值

讀這一本書

他對美藝世界的追求研究探索爭取和

判斷

原來是他的生活日常

更不吝分享給同／後輩

我會説

這是在高速消逝的文明裡

火中取栗

瀰漫著麥田捕手的精神

我的價值觀

當然絲毫沒有因此改變

但是

我非常尊重並珍惜

他與我這樣的不同

潘源良

香港填詞人

推薦序

提及伍常(Heiman Ng)先生，總令人不禁想起詩人蘇軾的名句「腹有詩書氣自華」的千古絕唱！

在這個瞬息萬變的時代，藝術與文化的交融愈顯重要。作為一位藝術顧問和策展人，伍常以其獨特的視角和深厚的學識，為我們開啟了一扇通往藝術世界的大門。這本書不僅是對藝術的探討，更是對文化語境的深思。

伍常透過策展實踐，呈現了藝術作品與其周圍文化的微妙關係，揭示了藝術如何反映社會變遷和人類生活。作為藝術顧問，他汲取廣泛的靈感，為藝術品的選擇與展示帶來新穎而獨特的視角，使每個藝術項目都充滿生命力。

在這本書中，讀者將領略到伍常對藝術創作背後的深度分析、對策展理念的獨到理解，以及如何在快速發展的藝術市場中找到個人的聲音。願這本書啟發你與藝術文化之間更深的聯繫，豐富你的視野與思考。

關心香港藝術文化發展的朋友尤其不能錯過！

蘇彰德

香港博物館諮詢委員會及保育歷史建築物諮詢委員會主席

前言

「中國的文盲不多了，但美盲很多。美盲比文盲更可悲，因為文盲能感知但無法表達，美盲卻喪失了感知美的能力。」——吳冠中

不經不覺，我自2013年起在中港台各大媒體寫了超過160篇關於藝術市場和鑑賞的小文章。還記得當初在那個現已不存在的網媒上開始寫的時候，既沒有甚麼稿費，也不確定有沒有讀者會看，說是當作個人筆記也好，或一個與朋友圈外的朋友連結的機會也好，只是很純粹地想把自己在藝術圈工作所看見的人與事寫下來。說實話，從來沒有想到會在十多年後的今天，有機會把當中的精選文章結集成書。

在百多篇「東拉西扯」的雜文中，感謝出版社編輯Yannes的賞識和慧眼，很快就很精準地把50篇

文章篩選出來，然後分成現在的六個主題，分別是：「Way of seeing」、「為甚麼一座城市需要藝術？」、「藝術的拍賣市場，拍賣市場的藝術」、「藝術家的『價值』」、「品味、收藏與投資」、「成為策展人」。

所謂「言者無心」，我一直沒有察覺自己寫的東西可用以上主題來歸納。現在且讓我按著編輯的想法來闡述一下。

關於「Way of seeing」，作為「參觀者」的我在乎的從來是觀者在觀賞一件作品或一個展覽時的應有態度。首篇文章〈不把藝術當回事，就接近藝術了〉，算是一個開場白：偉大的藝術，從來不缺世人無知的膜拜，欠的是虛懷若谷的觀者，以最虔誠的心，從古今中外的專家和知識分子中學習，好讓自己能夠從作品中得到最大的喜悅、震撼、啟發、安慰。

我不是一個藝術科班出身的人，要在既保守又勢利的藝術圈

前言

站穩陣腳和突圍而出，真的談何容易。這些年來，「知恥近乎勇」的我一直以這個「不學無術」的出身和原罪作為動力，然後不斷努力去追趕和惡補自己在美學知識層面的不足。經過十多年的修練，我自覺在不斷的trial and error的過程中，漸漸練成了一套屬於自己的「內功心法」，讓我可以隨時、隨地、隨緣地站在不同的高人的肩膀上，學習如何觀賞藝術。這一系列的文章，就是我直接或間接從古今中外的藝術家、學者、文人、電影人，以及童話故事中所領悟到的藝術觀看之道。當然，what works for me may not work for you，但我想作為一個給大家舉一反三的參考，也未嘗不可吧。

在「為甚麼一座城市需要藝術？」中，我嘗試從城市角度去看(或感受)藝術。每個國家和城市都有其命運，而作為大城市中的一部分，我們的所思、所想、所感都難以與這個地方所發生的事情完全割裂。藝術家的創作，很多時都會受到大環境的刺激和影響；同時，作為觀眾，我們也會因為外界的影響(例如社會大事件，以及人工智能演算法在網絡上的無限推送等)而改變了我們對於不同藝術品的觀感。一如品酒，當我們對於一個地方的歷史和文化有更多的認識和了解，我們自然會對那個地方的出品有深入的理解，同時亦會對自己的喜好和品味更為清楚。身在這個繁囂的大都市中，我們或許比任何時候都更需要一顆寧靜而沉穩的心，以真正忠於自己(而非人云亦云)的審美來感受身邊一切的「美」和「好」。

在「藝術的拍賣市場，拍賣市場的藝術」、「藝術家的『價值』」、「品味、收藏與投資」三個單元中，我嘗試從拍賣市場和收藏的角度去看待藝術。作為一個曾經在拍賣行、畫廊、藝博會等不同平台工作過的藝術工作者，以及在過去十多年因緣際會收藏過逾150件傳統及當代藝術作品的收藏者，我一直相信以理性和開放的態度去看待經常伴隨著藝術品的「$」是全面理解藝術市場的一大關鍵。

當下，Labubu不僅成為全球熱賣的產品，最近更在中國某大拍賣行以拍賣形式登場，其中一件小型的初代Labubu雕塑以逾100萬人民幣落槌成交，刷新了Labubu的單品最高成交價。隨著炒賣風氣日盛，加上國際巨星和網紅爭相追捧，勢必加速Labubu熱潮的全球擴散。這就為不少人帶來一個大問題：看一件作品，我們除了要看它的藝術價值，其投資價值我們又應該怎樣看？在這個人心漸已被科技文明壓碎的今天，我們又是否應有更多的參考(例如社交增值、情緒價值)來判斷一件作品的最終價值？如果答案是 yes，那麼「藝術」和「金錢」之間的關係就遠比我們從前所想像的來得更複雜了，而這也解釋了我把書名定為《藝術看甚麼——天價與無價之間》的原因。

最後一章是「成為策展人」。在這個AI時代，我們經常聽到有人問：「有甚麼行業是不會被AI取代的？」我的預測和答案是：一個全能型的策展人將會在未來的日子繼續大放異彩，無往而不利。如果你想成為一個成功的策展人，有一些基本條件是必不可少的：一、高度的審美和創意；二、極高的執行和應變能力；三、靈活的商業頭腦和調動資源的能力；四、高效的溝通能力(與藝術家、主辦方、贊助方、合作夥伴、目標群眾等)；五、在錯綜複雜的形勢下的解難智慧和能力。希望這一系列的文章能夠為大家打開一點想像，也藉此鼓勵更多新世代專才繼續努力，為本地藝文策展界多作貢獻。

英國作家毛姆曾言：「The mystic sees the ineffable, and the psycho-pathologist theunspeakable.」我認為，一個稱職的藝術鑑賞家(Art Connoisseur)，除了需對「不可言喻的」和「不可名狀的」具備非凡的洞見，也應有賞析微妙的(Contemplates The Nuanced)卓越能力。本書的問世，我視之為我在「藝術鑑賞」之路上的一個小checkpoint，若讀者閱畢後覺得好看，並開始對身邊的 ineffable、unspeakable、nuanced產生更敏銳、更深刻的體察，這是我身為作者的最大心願。

最後，我希望藉此機會再一次感謝蜂鳥出版的信任。團隊在編輯、排版、設計上的專業和用心，我相信細心的讀者都會一一感受到。我也十分感謝為這本書寫推薦序的各位前輩。以及過去曾找過我寫專欄的所有編輯朋友(特別是香港的《etnet經濟通》、《CUP媒體》、《明報》，以及台北的《藝術收藏＋設計》)，您們的鼓勵和肯定，我銘感五內。

我也特別感謝楊東龍先生為我創作的肖像畫(也是我人生中第一幅肖像畫)。楊先生是一位我十分偏愛的香港藝術家，早年有緣在一間香港畫廊收得他的一件小品，一直珍藏至今(讀者可在本書的附錄<我的個人珍藏>中看到)。這次有機會以他的作品作為這本書的封面，是我的榮幸。

Way of seeing

不把藝術當回事，就接近藝術了

香港每年三月舉辦的Art Basel都吸引到眾多人入場參觀（或打卡）……然而在五天的展覽中，Art Basel有多「萬惡」，大家也可從網絡或各大媒體中看到不少：「咁都叫做『藝術』？」、「咁嘅『藝術』都可以賣到幾千百萬？」等等。這些常見問題，沒有所謂的標準答案，但想深一層，我們也許可以思考一個更核心的問題：意見背後所呈現的困惑（Confusion）、否定（Denial）、抗拒（Confrontation），究竟是來自信息不足（Uninformed）的本能直覺，還是經過一套嚴謹、精準、全面、深入的審美思考方法而得出的結論？

早年讀到香港資深藝術工作者Hugh Moss的作品*The Art of Understanding Art: A new perspective*，當中提到一些關於應該如何賞析藝術的論點，應該能給讀者一點啟示。

過去二三十年，當代藝術市場發展迅速，藝術的傳統意義也隨之而引起不少人士的反思，甚至質疑。就以英國著名藝術家Tracey Emin為例，她的一張如「亂葬崗」的自家床畫曾在2014年7月的一場拍賣會中以254萬英鎊高價賣出，但畫作卻也遭人質疑能否算作藝術。對於當代藝術經常令人產生類似的疑惑，Hugh Moss認為問題的根源有兩方面。

首先是學術層面。藝術理論大部分只是「見山而不見林」的針對個別「主義」(-isms)的無限推演(例如印象主義、極簡主義等)，完全忽略了急速多變的藝術市場發展，導致了當代藝術家及其創作與廣大觀者之間產了一個巨大的認知裂縫和落差。

其次是觀眾層面。其他地方不論，香港不少觀眾在行展覽和博覽會時都會抱持著「藝術嘅嘢，我識條鐵咩！」的消極態度。在他們而言，看藝術展覽就像看一場電影或演唱會一樣，所有人都可以在無需專家或基本知識的情況下「自自然然地」憑自我造化學會看懂眼前的創作，或在遇到看不懂的時候就認為是藝術家的表達手法有問題。

藝術如此難懂，究竟怎麼辦？Hugh Moss在書中給了一道良方：「***The first rule is not to take any of it seriously enough to either upset or confuse you.***」是的，就像中國藝術家徐冰先生說過的：「不把藝術當回事，就接近藝術了。」作為一本市面上難得一見的為藝術愛好者充權的參考書，Hugh Moss這部非投資、非收藏、非商業的純藝術書在普及藝術這點上，大概能夠讓讀者更接近藝術。

藝術的用處？

"Art is, nowadays, our new religion and museums are our cathedrals."
—— Theodore Zeldin

「藝術是甚麼？」

記得林奕華曾為其舞台劇《梁祝的繼承者們》寫過一首歌《為藝術犧牲》，歌詞是這樣說的：

「藝術，不就是表達／滿足／解決自己的需要？」

如是，那麼我們需要的究竟是甚麼？我們又如何可以透過藝術解決這些需要？

這些，正是英國作家Alain de Botton和John Armstrong在其合著*Art as Therapy*（中譯本《藝術的慰藉》在2014由

聯經出版)所提出並嘗試解答的重要問題。作者提出，藝術(包括設計、建築、工藝)是一種具有療癒性的媒介和工具；而藝術創作的根本目的和價值就是協助人類填補各種心理缺陷，協助和引導藝術愛好者，令他們成為一個更好的人。

根據兩位作者的說法，藝術主要具備以下七項功能：

1.保存記憶

藝術是一種保存體驗的方式。我們有許多稍縱即逝的美妙體驗，都需要有人幫忙留存下來。這就是我們需要藝術家利用他們敏銳的觸角和獨特的創作技巧，留住每個重要的溫度、速度、溫柔和憤怒的時刻。

2.重拾希望

一件好的藝術作品，應該是賞心悅目，令觀眾感到歡愉，繼而對自己的人生，甚至世界，抱持一個更積極樂觀的心態。藝術本該如此這麼簡單。

3. 面對哀愁

我們可以把許多藝術成就視為藝術家「昇華」哀愁的結果，而觀眾在欣賞作品的過程中也往往會感受／感染到藝術家在創作時的苦衷，然後發覺：「原來，我並不孤單。」一件好的藝術作品，應該可以為觀眾提供一個宏大的觀點，讓我們得以嚴肅地檢視自身的苦難。我們一旦對人生的煩憂有所覺察，就自然可以用一個更寬容的心態去面對和欣賞身邊一切的人或物 。

4. 心理平衡

我們的藝術品味偏好往往反映了我們每個人在心理方面的不同缺陷。一件作品如果能夠彌補我們內在的脆弱，協助我們回歸中庸之道，我們就會對這件作品產生渴求。例如，現在大家可能會為每天在香港發生的各種大小奇形怪狀的荒謬事情而感到失望、無助或氣憤，這時，或許正是藝術家可以發揮藝術作為一個「視覺沙包」功能的時候，令觀眾得以暫時忘憂，紓緩不安情緒 。

5. 認識自我

在這個社交媒體時代，「You are what you like」彷彿成為了真理。事實上，在藝術世界中，我們所喜歡的藝術品某程度上也反映我們的真實個性。作為一種媒介，藝術品讓我們得以認識自己，也能夠讓別人更明白我們實際上是甚麼樣的人。例如，為何這個人會在美術館裡千千萬萬的藝術品中，選了奈良美智的畫作來selfie？這個舉動又反映了這個人哪一方面的個性？

6. 擴闊視野

全世界的藝術品種、類型、門派那麼多，每人的喜好立場總有不同的時候。這時，一些對於我們來說相對陌生的藝術作品就顯得異常珍貴，因為這種作品所傳達的觀念與態度，是我們平日熟悉的環境中接觸不到的。例如，筆者所認識的大部分當代中國書畫家就很大可能會對時下一些「重概念、輕功夫」的當代藝術斷然say no，覺得不值一哂，致使他們可能錯失了一些相互借鏡、融會貫通的機會，容易陷入故步自封的境況。

7. 欣賞

儘管我們作為行內人經常鼓勵大家欣賞藝術，但藝術的重要性(Why it matters?)彷彿多年來都沒有得到令人容易明白的解釋，其價值亦因為藝術作品的市場化而模糊了 。

當我們對藝術的功能有所認知，我們便有機會喚醒日漸麻木的心靈，尋回生活的敏感度，以一個全新的眼光看待和欣賞事物。正如作者在書中強調，除此以外的其他一切，不論藝術家的見解有多麼深刻、藝評人的資訊有多麼充分，都只是一些無關要旨、令人分心的雜訊而已。有興趣讀這本書的朋友，不妨先看作者的親身講解。

小王子的觀看方式

我曾經在香港大學講授一個有關國際藝術市場的本科課程，當時特別要求同學們需要完成兩篇讀書報告以及展覽觀後感的essay。

有好奇的同學問：「為何讀書寫作跟藝術有關？」這是十分好和值得深思的問題。

藝術是一門異常複雜多變而感情豐富的專業，在嘗試去接觸這個行業，或欣賞一件藝術作品時，我們不一定要有偉大藝術家般的奇思妙想和驚人創作力才可以去理解，但事前必須要在心底裡作好準備。

何謂「作好準備」？

簡單說，就是在你急著要去湊熱鬧看展覽前，請先花點時間讀好你們的語文吧。

過去十多年在藝術界工作的經驗，令我愈來愈深信一個道理：在學習鑑賞一件藝術作品時，我們必須要累積一定程度的文學基礎和經驗感受，才可以作出更為全面和精準的審美判斷，從而逐步培養出我們各自獨有的鑑賞能力。

說到藝術的時候，經常都會聽到很多人隨口說：「我看不懂！」、「我不會看！」、「我識條鐵！」等等。相信大家對這個奇怪的社會現象並不陌生。

這時候，有些畫商或藝術教育專家，可能出於好心或是甚麼原因，總是會安慰對方說：「看藝術真的沒有甚麼懂不懂的，喜歡和合眼緣就好。」

這就引申出另一個重要問題。在看藝術作品的時候，人們總是習慣於相信，以至依賴一雙尚未開發的眼睛（俗稱「仲未開眼」）給予我們的直觀感受，而過早判斷一件藝術作品的好與壞。我們彷彿都忘記了《小王子》故事中所表達的一個重要訊息：

“Here is my secret. It is very simple: It is only with the heart that one can see rightly; what is essential is invisible to the eye.”

藝術(尤其是偉大的藝術)其實都是一樣的。但置身在這個數碼時代，我們很多時候都是抱著一副漫不經心、碌Facebook和Instagram的心態來看待藝術作品，而忽略了在一個適當的藝術展覽的儀式感中培養自己「心眼」的重要性。所謂的心眼，就是你心靈所需的養分。而滋養心靈的最直接方法，除了閱讀和閱讀，就是閱讀，別無他法。

在我而言，藝術根本就是一種獨特的語言；既然是語言，就自然有其獨特的一套文法準則。當你透過大量的閱讀，逐漸掌握到基本的文法後，便可以放膽去嘗試參觀大大小小不同類型的展覽做reading(閱讀理解)，進而醞釀出真正發自內心的感受和見解，而非流於表面的人云亦云式淺見。出來的效果不管是好是壞，終歸是屬於自己的——那個純粹的、獨一無二的自己，正如在你眼前的那件only one and unique的藝術作品一樣吧。

但願所有同學都可以像小王子般，在藝術的大觀園中，找到他們心目中那朵獨一無二的玫瑰，成就未來那個獨一無二的自己。

藝術的自我修行

近年，接受了不少電台、報章、電視台的訪問，談的都是同一個議題，就是藝術教育。

我的想法，除了來自於過去十多年在藝術市場的工作經歷，也很大程度受到我在擔任香港大學Global Creative Industries課程講師的三個學年期間所教過的100個學生的啟發。

根據我的個人觀察，九成的香港大學本科學生都具備良好的英語寫作能力，基本上要他們寫一篇2,000至3,000字的論文，無論在文法語句的靈活運用或議論的起承轉合方面都沒甚麼大問題。

因此，我是一點也不擔心新一代港大學生在學術方面「攞 good grade」的能力。

我擔心的，反而是他們處於香港這個溫室太久，而導致他們普遍欠缺個性、人生激情以及未來發展方向的現象。

我在課堂教的是「國際藝術市場」。根據課程大綱上寫的目的，我的責任是讓學生們在修畢課程後，認識到國際藝術市場中一眾主要「玩家」(例如拍賣行、畫廊、美術館、藝術家、收藏家等)的不同角色，從而對於當代藝術市場的種種現況有基本的了解。

但在心底裡，我的願望其實並不只是一般大學lecture所著重的單向式知識傳授，而是在十個星期裡，透過我自身的經歷，以及一個又一個動人的藝術家、畫商或收藏家的故事，向學生傳授一套關於自我覺察和專注成事的心法。

何謂自我覺察？就是透過藝術來問他們一個人生最根本的問題：「Tell me who the fxxk you are ？」

在第一課，我已開宗明義跟所有學生說，我對於他們最後拿甚麼grade，真的完全一點也不在乎(事實上，我從來沒有聽過任何畫廊主人或拍賣行部門主管會因為一科可有可無的選修科成績而決定請不請你）。

我在乎的，是他們有否從課堂中所談及的一眾全球最出色的藝術家身上得到甚麼啟發，從而推動自己成為一個「更優秀」（From good to great）、「更獨一無二」（Unique）、「更具創造力」（Creative）的人？

我在乎的，是為何你對某一位藝術家的作品特別感到興趣或反感？你又會怎樣從個人愛好喜惡去分析自己的審美眼光？

只因為，我深信當一個人的心目中出現了一個真心尊敬或仰慕的role model後，他/她才會有企圖心去成就一個更強大的自己。

只因為，我深信當一個人真正了解到自己的品味喜好後，其稜角分明的獨立人格才能得以體現。然後，才可以更從容和自信的態度去面對haters的閒言閒語，更心無罣礙地專注成事，把自己已知和未知的潛力和價值充分地發揮出來。

"The main thing is to be moved, to love, to hope, to tremble, to live."

—— Auguste Rodin

學習藝術，並不是不著邊際的風花雪月，而是一個令我們學會自我修行的過程。

每個人都可以成為那個為自己生命填上色彩的藝術家。

無論你將來的人生是Kandinsky[1]的多彩多姿，還是Richard Lin[2]的恬靜淡雅，it really doesn't matter。我真正在乎的是你終究有沒有盡力，畫出自己的風格，活出各自各精彩的人生？

註 1. Wassily Kandinsky，已故俄羅斯畫家，其作品多以色彩斑斕的抽象風格而為人所知。
2. 林壽宇，已故台灣藝術家，亞洲極簡主義的先鋒，於國際藝術界的名氣極大。

人間詞話
說藝術

「松下問童子，言師採藥去。只在此山中，雲深不知處。」

讀著這個出自唐代詩人賈島的著名詩作，讓我想起不少學習藝術過程中的片段。

自古以來藝術都是一門十分「小眾」的玩意，但當你嘗試開啟第一道門時，你便會驚覺這門學問是多麼的深不可測。就在我們開始為這個「深深深幾許」的庭院而感到有點迷茫或迷失的時候，也會想尋找賈島所說的「師父」，希望有一個人可以給我們指點迷津吧。但奈何，我們往往在茫茫藝海中不知如何是好，最後是空餘「雲深不知處」的惘然和慨嘆。

這個時候，我常常會提議朋友：不妨暫且放下藝術，並嘗試從其他途徑增進自己的知識、眼光、修養。説不定，這樣或會令日後「升級」後的自己更懂得或更接近藝術？而根據筆者的經驗，其中一個最有效的方法，就是從中國詩詞入手。

説到中國詩詞，王國維(1877-1927)的一部重要文學批評著作《人間詞話》是不可不提的。書中有不少有關中國古代詩詞的評論，也在我這些年來學習藝術的過程中產生過不同程度的啟發。

先來《人間詞話》第一章：「『詩·蒹葭』一篇最得風人深致。晏同叔之『昨夜西風凋碧樹。獨上高樓，望盡天涯路』意頗近之。但一灑落，一悲壯爾。」雖則王國維是在評論《詩經》和北宋詞人晏殊的文字，但當我在多年前讀到此句並有意無意間記在心頭，然後再在某年某月的某個展覽遇上美國藝術家Jackson Pollock(1912-1956)揮灑自如的抽象表現筆觸和英國藝術家Francis Bacon(1909-1992)驚世駭俗的肖像畫後，我彷彿更視覺地、立體地，和深刻地體會到王國維口中的「灑落」和「悲壯」究竟是甚麼一回事。

Francis Bacon的《Study For A Head》。

美國藝術家 Jackson Pollock 於 1950 年的作品《One: Number 31, 1950》。

再來《人間詞話》第三章：「太白純以氣象勝。『西風殘照，漢家陵闕』，寥寥八字，遂關千古登臨之口。後世唯範文正之『漁家傲』、夏英公之『喜遷鶯』，差足繼武，然氣象已不逮矣。」從中我又學到，是的，有時看畫看的，就是比較誰的作品中的氣象更宏大更有氣勢吧。例如，北宋大畫家范寬(950-1032)的《谿山行旅圖》，以至近代張大千(1899-1983)的大寫意潑墨，不就是以獨有千古的氣象取勝？作為台北故宮的第一號國寶，十年未必露一面的《谿山行旅圖》，我們一般觀眾或許不容易看到，但說到張大千，想看他的作品就容易多了。

再來《人間詞話》第七章：「大家之作，其言情也必沁人心脾，其寫景也必豁人耳目，其辭脱口而出無矯揉裝束之態。以其所見者真，所知者深也。持此以衡古今之作者，百不失一。」沁人心脾、豁人耳目、不矯揉造作、情真、意深等等……這些王國維用來評論中國偉大詞家的語句，我們作為後學也可多多學習和吸收，看看有哪些值得或適合我們借來形容和解讀在當下時空看見的各種藝術作品。如王國維説的：「此借古人之境界為我之境界者也。」

張愛玲忘不了的畫

說到張愛玲，很多人想起她的文學成就，但她的藝術品味和修養其實也值得一提。

祖師奶奶除了畫得一手好畫(可參看由Chen Mi Ji出版的《張愛玲的畫》)，她寫的那些有關藝術的觀感或評論一點也不差。例如，在收入散文集《流言》的一篇文章〈忘不了的畫〉中，她對於西方現代藝術家高更的一幅作品的評論便是一例：

「有些圖畫是我永遠忘不了的，其中只有一張是名畫，高更(Gauguin)的《永遠不再(*Nevermore*)》。一個夏威夷女人裸體躺在沙發上……女人的臉大而粗俗，單眼皮，她一手托腮，把眼睛推上去，成了吊梢眼，也有一種橫潑的風情……雖然她睡的是文明的沙發，枕的是檸檬黃花布的荷葉邊枕頭，這裡面有一種最原始的悲愴。不像在我們的社會裡，年紀大一點的女人，如果與情愛無緣了還要想到愛，一定要碰到無數小小的不如意，齷齪的刺惱，把自尊心弄得千瘡百孔，她這裡的卻是沒有一點渣滓的悲哀，因為明淨，是心平氣和的，那木木的棕黃臉上還帶著點不相干的微笑。」

高更的《永遠不再》。
圖片來源： Wikimedia Commons

憑著其深厚的文字功夫，加上女性獨有的敏銳觸覺，張愛玲看似「隨手」即可輕描淡寫出這些令人眼前一亮的藝評，那怕當中充滿著她作為作家的一些非常個人的情感和演繹，反正在她恍如權威藝評家般的口吻和精彩文筆下，讀者都不由得信而服之了。

此外，張愛玲的另一篇同時收入《流言》的文章〈談畫〉，也顯示了她對於藝術或藝術鑑賞的獨特視角：

「我從前的學校教室裡掛著一張《蒙羅麗莎(*Mona Lisa*)》，意大利文藝復興時代的名畫。先生說：『注意那女人臉上的奇異的微笑。』的確是使人略感不安的美麗恍惚的笑，像是一刻也留它不住的，即使在我努力注意之際也滑了開去，使人無緣無故覺得失望。先生告訴我們，畫師畫這張圖的時候曾經費盡心機搜羅了全世界各種罕異可愛的東西放在這女人面前，引她現出這樣的笑容。我不喜歡這解釋。綠毛龜、木乃伊的腳、機器玩具，倒不見得使人笑這樣的笑。使人笑這樣的笑，很難吧？可也說不定很容易。一個女人驀地想到戀人的任何一個小動作，使他顯得異常稚氣，可愛又可憐，她突然充滿了寬容，無限制地生長到自身之外去，蔭庇了他的過去與將來，眼睛裡就許有這樣的蒼茫的微笑。」

於我而言，這段引文的重要性，與其說是張愛玲對於這幅名畫的精妙見解，不如說是她說的「我不喜歡這解釋」背後所反映對於那些所謂藝術權威加諸於藝術作品之上，各種或美麗誤會或穿鑿附會的評論不買賬的精神吧。正如她說的：「好的藝術原該喚起觀眾各個人的創造性，給人的不應當是純粹被動的欣賞。」

身在當下這個充斥著假新聞／假買賣／假吹捧的當代藝術世界之中，我想多看看張愛玲未嘗不是一件好事，至少我們可從她那愛恨與黑白均無比分明的世界中，沾染多些真實的氣質。

———

創作者的初衷 與觀眾的解讀

筆者在2019年為公司旗下代理的中國著名藝術家王璜生在香港藝術中心舉辦了個人展覽「不息之線」(*Lifelines*)。作為現任廣州美術學院美術館總館長、前中央美術學院美術館館長，以及「廣州三年展」、「北京國際攝影雙年展」等大型藝術展創始人，王璜生老師在中國藝術界可說是一個無人不識的大名字；再加上展覽獲得時任倫敦蘇富比學院亞洲藝術及市場課程主管何凱特(Katie Hill)博士親身來港支持並擔任策展人，無論是cast之強勁，還是學術之深度，均是一時無兩！

說到展覽名稱，為何叫「Lifelines」？來自英國的何凱特說：「Lifeline是英語中的一個術語，意味著在一個人最迫切需要幫助的時候，其生命獲得拯救，而拯救的內涵是文化意義上的，作為文化脈絡的隱喻，王璜生的線條就像樹幹一樣向上生長，支撐著所有的枝幹，構成了作品的關鍵元素。」

若果我們嘗試以當時的社會環境去思考這段策展論述，想必有另一番體會和感受吧。

然後讓我們看看王璜生老師的兩個分別命名為〈牆〉及〈痕·象〉的作品系列。王老師在介紹〈牆〉系列時這樣說：「我力圖用尺度較大的畫面，與微妙細緻的拓印痕跡包括紗線散亂的印痕，追求視覺與心理兩重層面的體驗性表現……由一條條紗布的印痕組成，隱喻著傷害、痛感、隔離、流血、呵護、療傷等。」而〈痕·象〉系列，則是透過紗布、繃帶線頭的印痕與水墨的渲染……構成了對傷害與保護，修復與昇華等的隱喻……這一些無不流露著我對現實與生命的一種特別關注和關懷。」

王璜生：「〈箴象〉系列是我2017年的創作，有感於我們所處的當下世界，到處充滿著傷害、不安、焦慮、痛苦、動盪等，如難民及引發的一系列問題；戰爭與準戰爭，衝突與準衝突；區域與全球、左派與右派、貧窮與疾病、經濟與危機等等的問題，我們生存在這樣一個動盪不安的地球上。我從新的角度和方式，應用紗布這一有特殊意味的媒材，之前使用它來包紮鐵絲網等，這次，我用紗布蘸上紅色進行拓印，想表達一種傷害與贖罪的複雜情感。當然，我希望在藝術形式與視覺表達方面有某種新的感覺和衝擊力。」

王璜生〈痕・象〉（上）及〈籛象〉（下）作品系列。

這就是我經常跟朋友說的人與藝術之間異常微妙的「magic moment」：藝術家或許在創作時「無心」，但有時候當我們作為觀者不由自主地主觀的把面前的作品對照著當代社會的一些狀況，繼而投放某些個人情感的時候，作品本身可能會因此而產生一種全新的、甚至是跟藝術家初衷完全不一樣的意義。而這種創作者與觀眾之間的藝術交流，也正是許多藝術家「夢寐以求」的結果：一方面，觀眾從自己的作品中得到共鳴啟發，另一方面藝術家也可從觀眾的反應(有意料之中的，也有意想不到的)中持續為自己的創作加添新的養分和元素。於我而言，這種共同透過藝術在精神層面昇華的狀態，正是看展覽最有趣或最有價值的地方，也是我們這些以藝術推廣作為志業的人畢生所嚮往和追求的吧。

許鞍華給我們上的創作課

某一天，在Facebook上看見馬家輝寫文念中為許鞍華拍的紀錄片《好好拍電影》，想起了許鞍華的很多很多。

剛巧在前一天，筆者於上環見山書店，心血來潮買了一本記錄許鞍華大半生創作生涯的書《許鞍華說許鞍華(增訂版)》！這本在2009年出版、由電影人鄺保威花上五年時間用心編輯的人物傳記，上半部收錄了許鞍華的個人口述訪問，內容包含她在1975年回港後拍的電視劇(例如TVB的ICAC系列、港台的獅子山下系列等)；以及由1979年拍的第一套電影《瘋劫》，到2009年的《天水圍的夜與霧》等逾20套電影；下半部則收錄了一眾電影人對於許鞍華電影或電視作品的感想和評論。

個人特別喜歡許鞍華的口述訪問，一貫的貼地真性情。而在今天回看，你會發覺她在訪問中的不少話語，完全經得起時間的考驗。

「我好怕其他人講潮流，或者逼我去講潮流，我從來唔興咁樣，我覺得好戇居。雖然電影都係潮流嘅一部分，但並非主要部分，電影嘅主要部分在於與人溝通，即係話，我有重要嘅事要講，就通過故事講出來，等人去感受，而要講嘅嘢係超越時代。當然，要包裝，一定要有潮流感覺，去吸引人去睇，但不能搞錯，以為電影就係潮流本身。我肯定自己絕不會盲目追求潮流，並且堅決反對，簡直傻瓜、戇居。」

這句話，完全適用於所有文化創作。作為創作者，你的主要任務是辨識真正重要，以及值得與大眾分享的事情。而一件作品藝術價值之高與低，就取決於它是否具備超越時代的意義，亦即你的眼光不應只限於當代的觀眾，而是希望作品能夠流傳千秋萬世。清．李漁的《閒情偶寄》說：「凡作傳世之文者，必先有傳世之心，而後鬼神效靈，予以生花之筆。」一言以蔽之：心境決定境界。

「我冇抱持啲咩vision或者世界觀，不過我好憎一啲好childish嘅opinion。我唔喜歡香港人或中國人嗰種一窩蜂、口號主義，見到異己就罵，即係潮流點樣流行，成功就跟風，呢種風氣，我愈來愈唔鍾意。我覺得應該堅持，對每一樣事物都要有獨立見解，同每個見解都要自己遵守同付諸實行……而家我覺得好多人一窩蜂，同好容易 simplify複雜嘅事情，譬如睇一件事好容易就講誰對誰錯，然後好快make judgement、批判人、make decision，make完之後又冇話檢討一下。我哋從事創作或拍戲嘅，主要係去了解事情嘅複雜性，而非去try to批判。人哋成日覺得凡事serious嘅電影就一定批判呢樣、批判嗰樣，我愈來愈覺得呢種態度好destructive，同作用好小。」

對照香港當下的藝術圈，不少藝術創作者都受到近年的社會氣氛影響，患上了「批判症候群」，彷彿不動身(或動手在社交媒體出post)參與或表態，就是麻木不仁……但正如許鞍華所說，少年們或許看不到的，是這種取態對創作「destructive」的一面。

回看歷史，即使經歷過清末民初、國共內戰、抗日戰爭及新中國這些動蕩的大時代，齊白石依然可以專注於其個人小天地，泰然自若地畫出不朽的小蟲蝦蟹；張大千依然可以在其漂泊的歲月裡瀟灑走一回，畫出前無古人的潑墨山水。

所以說，有時候，不妨少一點「一窩蜂」，多一點獨立見解，然後像許鞍華一樣嚴格遵守與付諸實行，說不定你也能夠創造出真正合乎自己性情的動人作品。

走進
蔣勳的世界

2018年，台北谷公館畫廊與上海佳士得合作，在上海安培洋行佳士得藝術空間舉辦「天地有大美——蔣勳的藝術人生」特別展覽。那次展覽展出了蔣勳在過去幾十年來的一些精選藝術創作（包括西方油畫、中國書畫、人像素描、手稿文件等），短短一星期的展覽，吸引了不少人前來參觀，好不熱鬧！

過去，筆者也曾在不同媒體專欄介紹過這位享譽全球華人世界的藝術傳播人及其著作，無論是中西藝術史、《紅樓夢》、唐詩、宋詞，還是佛學，我一直感激蔣勳老師在各個方面對我們這代人的啟蒙和影響，故此也希望透過不同的平台為更多人（特別是年輕一代）介紹這位林懷民先生口中的「多才多藝的Renaissance Man」。

何謂一個Renaissance Man ？比如達文西，喜歡藝術的朋友都知道這位歐洲文藝復興年代的天才就是創造了永垂不朽的《蒙羅麗莎》和史上最貴藝術品《救世主》等經典作品的藝術大師，但是除了在藝術上的成就，達文西在科學、科技、植物學、兵器等方面的不少研究其實也是前無古人和極具開創性的。他就曾在一封寫給意大利君主的信中說過：「Likewise in painting, I can do everything possible.」

讀過蔣勳老師著作的朋友，或許都會有這種感覺：為甚麼這個人好像甚麼都懂，甚麼都能寫？為甚麼一個人可以把自己的學問說得這麼深入淺出和引人入勝？

一直覺得，蔣勳老師對於當代文藝界的最大價值，與其說是他深受大眾歡迎的免費網上美術史教學視頻和多本暢銷著作本身，不如說是這些知識分享背後所承載他個人對於東方文學／哲學／美學的重視和肯定。對於西方藝術的偉大之處，曾經遊學法國多年以及出版多本有關西方藝術史專書的蔣勳老師相信比誰都要清楚，但正如他在上海的個人展覽開幕中所說的：「（過去）一百年，東方輸了，全盤接受西方形式，忘了『長卷』、『冊頁』、『立軸』、『扇面』、『屏』、『障』這些傳統美學形式……21世紀，如果東方美學將要崛起，也許要從頭做自己的功課了。」蔣勳老師相信，21世紀會是東方重新省視自己美學的時代，找到自己的視點，找回自己觀看的方式，找到自己生命在時間裡延續的意義，找到自己的「美術館」與自己的「畫廊」。

在香港這個國際藝術中心，具備西方藝術文化知識的人從來不缺，缺乏的恐怕是quote自台灣谷公館主人谷浩宇的能夠「左手讀西方美術史、右手看《紅樓夢》」的藝術工作者。而當世界變得愈趨扁平和齊一化的今天，我依然深信只有培育對於自身歷史文化底蘊有充分認識的新一代藝術工作者，我們才能在面對西方強大勢力的時候真正的做到知己知彼和不卑不亢，以及在一個日漸虛擬化的世界找到一個安身立命的位置。

當代水墨中，
尋找欣賞藝術的新思路

說到中國水墨藝術，經常都會聽到朋友說：「我真係唔識睇！」、「點解成日都係黑黑白白、山山水水？」、「我都係喜歡colourful嘅西畫多啲」等等的評論。

而傳統上，欣賞中國書法或水墨畫的門檻的確並不低。

中國已故著名書畫鑑定專家徐邦達曾說過，看中國書畫是有方法的，主要是「鑑」與「考」兩方面：

1.「鑑」是從畫本身入手，是眼看，靠比較，用實物比較容易，比較要懂得同中之異，異中之同。

2.「考」是找旁證，包括別人題跋、收藏印記、文字記載。書本與實物印證，證據可靠，才能下斷語。

而書畫鑑定就有「四必」與「四忌」：

「四必」是一、必須懂得衡量藝術水平的標準；二、必須懂得書法與篆刻；三、必須多讀書；四、必須懂得各種法門，包括人事關係等活知識，知識愈廣愈好。

「四忌」是一、忌門戶之見；二、忌臆斷無據；三、忌抓住一點，不及其餘；四、忌好即真，壞即假。

是否看完都覺得頭暈？

謝斐的《無一物》完全顛覆了傳統水墨的創作形式。

But sorry，因為其實徐先生還未講完：「可以說，不會作詩、不懂中國詩詞、沒有詩詞修養、不解詩意的人，是畫不好中國畫，也看不懂中國畫。」

是否覺得好discouraging呢？是的，這正是大部分初學中國水墨者都會遇到的情況，也是我們作為藝術推廣者所面對的問題。

如何解決？我一直覺得答案可能是在「當代水墨」(Contemporary Ink Art)。

顧名思義，當代水墨就是指那些由在世的藝術家所創作的水

由筆者策劃的「多元的當代水墨藝術導賞」。

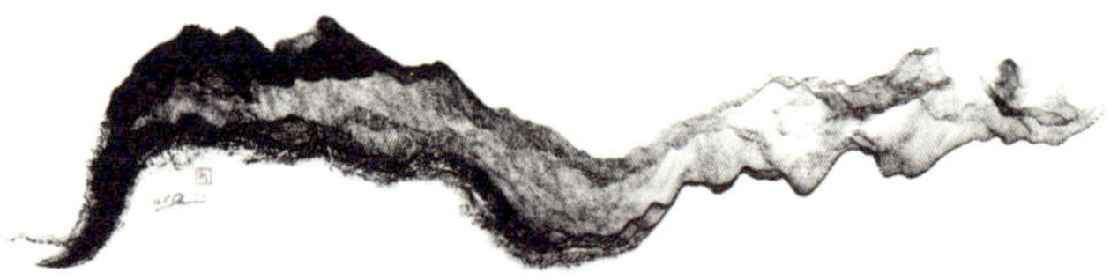

由本地藝術家黃宏達創作的全球首個人工智能水墨藝術作品系列〈逸〉。

墨作品。在後現代社會，藝術家早已不用再受到傳統創作方法、筆墨、理論、思想、習慣等條件限制，故此在表現手法上可得到更大的自由度。以水墨為例，這個媒介其實已經演化至不再是一般人想像中的宣紙、毛筆、墨水，而是包含了雕塑、錄像、攝影、拼貼、裝置，甚至是AI人工智能等的一種多元媒介。

一個很好的例子：筆者有一位藝術教師朋友謝斐，他曾經做過一件可說是完全顛覆傳統水墨形式的「水墨」作品《無一物》。作品的製作過程是這樣的：他走訪了香港中文大學七間圖書館，並使用46台影印機打印白紙，直至出現墨水擴散的圖像……他認為這46台影印機就如同閱讀圖書館內無數由智者編寫的書籍一樣，並希望透過此作品鼓勵人們重新思考他們的感知和物件的存在，最終更贏得當年一個全港公開水墨藝術作品大獎。所以我並不是開玩笑，影印機紙也真的可以成為被專業評審一致認可的好藝術品，只要你敢想，和敢做。這不禁令我想起《笑傲江湖》中風清揚說的：「學招時要活學，使招時要活使」以及「要做到出手無招，那才真是踏入了高手的境界」，真高人也。

所以說，在當代環境下，觀眾在欣賞當代水墨時真的不應再有甚麼擔心「唔識欣賞」的問題。所謂「無招勝有招」，更重要的其實你是能否在單純的探索過程中，心無罣礙地找到跟你個性、經歷、品味互相對應的藝術家和作品。

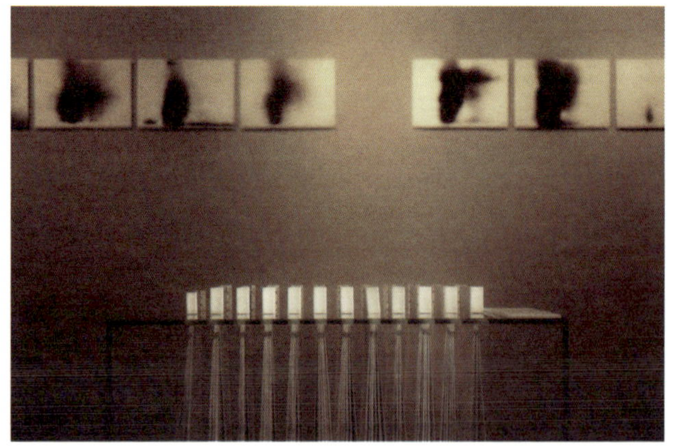

2018年「大華銀行年度最佳水墨藝術作品」：謝斐《無一物》。

從現代水墨之父身上，悟出人生智慧

經常會在藝術朋友圈聽到的一句說話：藝術價值未必跟市場價格掛勾。

意思是：一時的價格(Price)，猶如西貢遊客區餐廳的「海鮮價」，可以受許多外圍或人為的因素影響，但跟物件本身的價值(Value)可能沒甚麼大關係。

每當想到這句話，再對照著這20年拍賣市場的變化，心裡實在有點感概。

感概的是，有些新興藝術家會因為市場人士的盲目追捧而忽然十級彈跳至過千萬甚至億億聲的成交價……但有些明明是擁有不錯技藝，風格也獨特，對藝術史發展更有莫大貢獻的藝術家卻在藝海中鬱鬱不樂、浮浮沉沉多年而乏人問津，或直至過世後的若干年才突然被一些有心人重新發掘、研究，然後在不同地方展覽，漸漸廣為人知。

所以，每當我遇到一些優秀的藝術家能夠在世時獲得藝術界內外的充分肯定(亦即吳冠中先生所說的「一面讓專家拍手，另一面又得到百姓點頭」)，我都會特別為此感到慶幸。只因為經過這些年在藝術圈工作後，我深深地體會到，一個藝術家要在短短的一生中，經過無數的被看低、被忽略、被無視的情況下，仍然堅持創作到最後，並留下一些流芳百世的藝術作品，是多麼的困難。

有「中國水墨現代化之父」之稱的劉國松先生便是一個極罕見的「人生勝利組」例子。2019年由遠流出版的《一個東西南北人：水墨現代化之父劉國松傳》，就是享譽國際的重量級藝術家劉國松從成長到成名的故事：

「劉國松早年困頓，在戰火中數度遇險，卻很早就立志投身藝術。國立台灣師範大學畢業後，他帶著滿腔熱情展開現代水墨畫的創作，發起成立『五月畫會』，主張全盤西化，全面創新。經由詩人余光中的穿針引線，他的作品先獲得堪薩斯大學教授李鑄晉的注意，接著他又得到美國洛克斐勒基金會贊助，前往全球20個國家、超過100個美術館觀摩見習，將西方油畫的元素及自創的技法，完整融入山水畫作。他在中國鐵幕開放之前，率先深入探勘中國水墨畫的發展歷程，成為東方與西方的橋樑，奠定他在全球水墨畫的至高地位。他

由劉素玉、張孟起執筆的《一個東西南北人: 水墨現代化之父劉國松傳》。

也因為將停滯了數百年的水墨畫向前推進，而獲得『水墨現代化之父』的地位。」

書中還收錄他不同時期的許多代表性作品，以及近期的新創作，可供藝術愛好者盡情飽覽並參照。不過當中特別讓我感興趣的，反而是劉國松老師經過多年深刻思考和反覆實踐後，為我們留下一句又一句的金句，節錄如下：

·「欣賞抽象畫應有的態度：除了用眼睛靜觀之外，並需用你的心靈去體會。」

·「我們既不是生活在宋、元的環境，我們去模仿宋、元的風格是不對的，我們也不是生活在西方社會，去模仿西方也是不對的。」

·「模仿新的，不能代替仿舊的；抄襲西洋的，不能代替抄襲中國的。」

·「我漸漸覺得民族風格的重要，任何一位有創造性的畫家都離不開他自己的傳統，也無需特別排斥。這是我繪畫思想的轉捩點，也是浪子回頭的一年。」

·「在封建社會裡，『謙虛』二字，常常被那些衰退的老人用作壓抑青年的武器……用以滿足其殘餘的高貴感……明清以後的中國繪畫之所以衰退，就是因為大多數的畫人對過去大師們過分臣服，過分謙卑，而對他們的作品毫不懷疑，始終奉為神明。」

筆者與劉國松老師，攝於2018年香港。

·「一部美術史也就是一部藝術家掙脫形象束縛的奮鬥史。」

除了藝術，此書也記錄了很多有關劉國松老師對於父母、太太、子女、恩人，以至朋友的回憶和感人故事，在真正的「大師」愈見稀罕的後現代社會，劉國松的一生奮鬥故事實在值得我們好好借鑑，好好回顧。

跟著學者導遊
了解美術史

在香港，許多行業都有青黃不接、後繼無人的現象。說說筆者日常接觸得比較多的藝術界吧，新入行者無一不對當代藝術趨之若騖，有些人貪其色彩繽紛、好玩易懂，也有些人喜其緊貼時代的當代性⋯⋯總之，contemporary art is king，講完！試想像，如果你在一個高級藝術宴會派對中跟旁邊的美女說：「Well，其實我對時下那些所謂contemporary art不大感興趣⋯⋯作為一個中國人，我反而覺得中國的傳統山水畫更有內涵和趣味。你看，我們宋代時期的那些文人畫之高雅精緻，簡直是空前絕後，令人歎為觀止。」人家不當你異形怪胎退避三舍才怪！

相比當代藝術，中國傳統山水畫大多以黑白水墨為主，缺乏吸引觀眾眼球的色彩；題材不是山水石雲就是草木花鳥，相對單一乏味；傳統國畫包含了不少詩詞歌賦和書法藝術元素，加上每個朝代的文人畫家的社會文化背景都各有不同，後學者如果沒有一定程度的中文和中史根底，恐怕只會嚇壞或悶死他們，令我們的下一代對於應當引以自豪的傳統藝術愈來愈陌生，漸行漸遠。

就像在美術館一樣，要吸引更多年輕人學習國畫，我們必須要有一位稱職的美術史導遊，在繪畫和觀眾之間充當一個負責點燈引導的帶路人，《圖說中國繪畫史》的作者、已故國際著名的中國繪畫史研究學者James Cahill便是一個好的帶路人。

此書於1960年首度由瑞士著名美術書籍出版家Albert Skira出版，過去數十年曾多次再版，廣受好評。作為一位美國學者，作者在書中融合了西方藝術史和漢學方法，以各個朝代最具代表性的繪畫作品為中心，討論及分析不同時代的繪畫風格如何銜接與轉變。與坊間一般偏重作品背景歷史考證，而忽略畫作本身的視覺語言解釋的中國美術書籍不同，作者刻意以像寫小說般的「敍事藝術史」(Narrative Art History)的方法來寫此書，當中附上大量豐富的圖文解說，讓一般讀者讀起來也不會覺得過於深奧難啃。另外，值得一提的是此書中文繁體字版本(1983)原名為《中國繪畫史》，後在北京三聯出版的簡體字版本特意加上「圖說」二字，提醒我們在學習和欣賞中國繪畫的過程中必須將視覺回歸畫作本身，而非為藝術家生平事跡、詩文、題款、真偽、來源等次要考證所蒙蔽或嚇退。

此書可讀性甚高。作為一個觀眾，如果要為James Cahill這位美術史導遊評分，我會給他滿分。

為甚麼一座城市需要藝術？

築起城市
與文化的橋樑

講到文化，本人最想推薦的一本書是茹國烈先生（Louis）的《城市如何文化》。

茹國烈的大名，在藝術文化圈的朋友當然熟悉。

Louis曾擔任香港藝術學院院長、西九文化區管理局表演藝術行政總監、香港藝術發展局行政總裁、香港藝術中心總幹事等要職，在藝術行政管理方面有逾30年豐富經驗。

由他去寫這本有關文化的專書，相信沒有多少人會懷疑他的資格。

有趣的是，他是在離職赴英修讀一科跟藝術或文化管理完全沒有關係的城市學碩士課程（Executive MSc in Cities）後才有寫這本書的念頭。

他的目的十分明確，就是希望透過在學一年期間的深入研讀以及十多個歐亞城市的實地考察，發明一套適用於當代社會發展需要的概念框架和文化指標，讓我們可以更精準地分析不同城市或區域的文化狀況和未來發展。

在書中，他把不同地方的文化歸納名為「BEAM」的四大類別以及十二個指標，包括：

1. 信念和價值觀(Belief and Value)：種族、宗教、教育；
2. 日常生活風格(Everyday Lifestyle)：時尚、飲食、戶外及運動；
3. 藝術和創造(Arts and Creation)：藝術、娛樂、閱讀；
4. 記憶(Memories)：歷史文化、文化保育、非物質文化遺產。

例如，根據這個指標，大家能猜到在香港十八區中文化密度指標總數最高的是哪裡？

是一般人想像中最有文化的中西區或灣仔區？還是被視為最MK的油尖旺區？

又例如，根據BEAM的分析，西九文化區建成之後，香港就能自動「文化」起來嗎？

這些問題，他在書中都有詳盡的解說。

「文化不是城市的裝飾品。一個城市的文化，是要全城一起建設起來的。」真是可圈可點。

Louis認為，如果城市是一部生產文化的機器，我們每一個人都是機器操作人。

推薦大家買這本書來看看，相信會為還在香港努力的藝術工作者帶來不少新的啟發。

藝術文化
這種療傷藥

「人有悲歡離合，月有陰晴圓缺，此事古難全。」

心情鬱悶的時候，我總會想到蘇東坡，不是為賦新詞強説愁，而是他的經歷總會提醒我，惟有透過痛定思痛後的內觀，我們才可以真實地體察自己的身體和心靈，重新學懂如何自處。

早幾年的疫情期間，香港絕大部分的文化活動(包括電影、劇場、音樂會、跳舞表演等)陷入全面停擺，隨著政府在疫情好轉後大力推動旅遊業，不少文化活動成為重點推動項目；不禁想，此時此刻的香港，需要的是怎樣的文化生活？

是簡單地重複疫情前那一套舊有的觀賞和展示藝術文化方式，希望觀眾會自動自覺「課金」，回歸各大戲院、劇場、畫廊、藝博會以及各種活動？

但當後生那一代Gen Z人人都在講Crypto、Digital、GameFi的時候，那套傳統單向式的體驗會否有點不合時宜？

在*What Is Culture For*一書中，英國作家Alain de Botton曾經這樣說：

"... the great works of culture were almost invariably created to redeem, console and save the souls of their audiences. They were made, in one way or another, with the idea of changing lives.

Yet the power of culture arguably best emerges not when we conceive of it as an object of critical study or historical curiosity, but when we reply on it as a therapeutic tool that can be used in a quest to grow somewhat less isolated, frightened, shamed, restricted or skittish."

根據他的說法，在生活艱難的時刻，文化其實應當可以發揮如心理醫生般的治療作用，為我們消災解困、釋除疑慮、減少不安感和孤獨感等，從而為我們的生命帶來一些正面的改變。

"Hold on
You are still strong
Love will soon come
Just hold on ..."
—— *Hold On* by Adele

無論是國際巨星Adele，從平步青雲的歌星到婚變後經歷了幾年的人生低潮；還是宋代文人蘇東坡，由萬人敬仰的才俊淪落至死裡逃生的階下囚，兩者的人生經歷恰好證明了一個事實：惟有在萬念俱灰的時候，新的想法、新的價值、新的意義才有機會重新建構起來。

事實上，沒有當初看似艱難的單親媽媽時刻，Adele不可能在專輯《30》中唱出那種「劫後重生」的堅強和底氣；沒有當年的被貶流放，蘇東坡也不會在後來寫出《寒食帖》、《赤壁賦》等不朽之作。

千帆過盡，驀然回首，但願你我最終也會像Adele和蘇東坡一樣，坦然地面對生命中陸續有來的各種高低起伏，一起堅持下去。

黃進曦和張施烈筆下的圓滿與放空

這幾年，身邊許多朋友都因為各種各樣的原因而在精神上承受著不少壓力，有些更嚴重得患上不同程度的抑鬱症。

嗚呼哀哉。

身為藝術工作者，我有時都不禁問自己，其實我每天做的工作、策劃的展覽、推廣的藝術，甚至是這一刻正在寫的文章，跟觀眾當下的所思、所想、所憂、所愁的事情究竟有沒有關係呢？

簡單問一個問題：此時此刻，觀眾需要的是怎樣的藝術？

本地藝壇明星、獲國際媒體CNN評為「one of city's most celebrated and collected contemporary artists」的黃進曦，因為2022年在Bonhams拍賣行展出的一系列彩色山水作品，而引起藝術界不少朋友的關注(有人更戲稱他為

「藝壇姜濤」，可見其受歡迎程度）。

於2020年Hong Kong Spotlight by Art Basel展出的黃進曦作品。

每次看黃進曦的作品，心中總有一種油然而生的幸福感。

但這種美好的幸福感，在黃氏只此一家既繽紛又夢幻的色彩映照下，卻又吊詭地產生一種難以名狀的距離感。

黃進曦的畫，「靚」是毋庸置疑；他對於顏色的掌握和運用，在亞洲當代藝術界別也肯定佔有一席位。

而在疫症蔓延期間，他的畫作恍如劏房中的一扇小窗口，給在過去幾年受盡不同程度磨難的眾生鬆一口氣……甚至彷彿發了一場好夢，安慰自己「其實香港仲係好靚」，只要心存感恩的心，明天必定會更好。

但每天看著那些漸已令人麻木的新聞，實在再難以自欺欺人地說服自己，黃進曦所描繪或詮釋的香港，還是那個曾經如此美好的香港。

人生，實難。

正當萬念俱灰的時候，我再次遇上另一位香港藝術家張施烈在Touch Gallery舉行的作品展「虛空」。

2021年，可說是張施烈非常活躍的一年。他先後在本地的Touch Gallery、唐人藝術基金會、Rossi & Rossi、Whitestone以及東京的Tokyo Gallery + BTAP等畫廊展出。

張施烈於Touch Gallery個展「虛空」的展出作品之一。

「虛空」，是張施烈在Touch Gallery連續第二年做的encore個展。

展覽中，張施烈以其一貫的精準和專注，樸實無華地展現出他對於光(虛)與建築(實)的藝術處理。

「虛空」展覽簡介說：「空即是滿，滿即是空。」

如果說，「黃進曦：麥理浩徑」是一場關於圓「滿」，令人蠢蠢欲動，連眼睛都想去旅行的視覺盛宴；張施烈的「虛空」就是一場關於放「空」、讓觀者得以平心靜氣地在亂世中照見五蘊的修行機會吧。

展覽簡介又說：「虛空是一種概念，一種玄學，亦可以是一種美學。」

我倒覺得，張施烈畫中所呈現的那種「空」，並不僅僅是一個概念、玄學、美學，而是在法度不行、人心渙散的當下的一顆靈丹妙藥，使我們在「空」中的那一剎那光影，領悟出老子所說的「致虛極，守靜篤」那種超脫的人生境界。

色即是空，空即是色，受想行識亦復如是。

感謝黃進曦和張施烈，給我上了寶貴的一課。

以藝術培訓
了解人的需要

平日的工作，除了為不同藝術活動和展覽做籌備、策劃、推廣等工作，也不時會為一些企業機構度身訂製藝術短期課程。

筆者就曾為某大國際珠寶品牌一眾來自亞洲各地的資深銷售員進行兩場為期兩天的藝術培訓，課程內容包括中國與西方現代藝術史比較、本地展覽導賞以及Art Jamming自由創作等。合作過程十分愉快，分享如下。

經常說，沒有人天生喜歡「坐定定」聽人講書的，更莫論一般人在學校讀書時甚少機會接觸的藝術史。所以在每次準備課程時，我都會深思熟慮：即將要面對的聽眾是誰？他們的背景是怎樣的？他們對藝術的認知有多少？他們對於課堂的期望是甚麼？

這次的學員大多是入行多年的資深高級珠寶專家，男女比例約為2：8，當中有來自香港的、台灣的、新加坡的、澳洲的，甚至是南韓的；而這家公司會如此勞師動眾地安排員工專程來港上課的主要目的，除了希望鼓勵上一年度業績表現良好的同事，也希望這一班站在最前線面對客人的銷售團隊，從藝術的角度出發，能夠對公司自家品牌出產的一系列以藝術作為設計靈感的高級珠寶有更深入的了解。

正式開課前，我先在PowerPoint上和一眾學員分享了一些頗為耐人尋味的slide，分別是周杰倫、陳冠希、余文樂在某年某月上載的IG post：

余文樂、陳冠希、周杰倫均是藝術愛好者與收藏家。

我當時問：「大家看到當中有甚麼共通點嗎？」好幾位醒目的學員馬上舉手搶答：「Art ！」

是的，儘管各位未必可以說得出相中人（或狗）背後的是哪一位藝術家的作品，但這並不妨礙我們去進一步思考甚至分析當中的一些重要訊息。例如，我們大可從這些IG post舉一反三地想一想：究竟是甚麼樣的潮流或心態驅使這三個男明星，同時亦是眾所週知的藝術收藏家，會不約而同地將西方當代藝術作品的照片放上網？對於他們這一類40歲左右、有一定經濟能力的「高端人口」（也正正是所有奢侈品牌的目標客戶）而言，藝術究竟是甚麼東西？作為營銷專家，如何可以透過這些人的藝術喜好，了解他們品味和消費習慣？

以上問題，我大可歸納三點回答：第一，可能是因為純粹覺得相中的藝術品很棒——可以是旅行時路過畫廊見到的一幅作品，也可以是自己最新的戰利品——故此想跟粉絲開心share一下；第二，可能是想透過分享這些天價也未必買得到的

筆者不時會為企業員工進行藝術培訓。

藝術品，或要認識某某才有機會排那條長長的waiting list買到的藝術品，來顯示自己高尚的品味和尊貴的社會地位；第三，可能是真的覺得生活有點苦悶。

試想像，他們三位仁兄都可說是有名有利，還有甚麼要追求的呢？而據我所認識的不少這類社會名人，最終的歸宿都是藝術。所以在分享了這些名人社交媒體的小故事後，我就跟各個學員們開宗明義地說：如果你的職業是需要跟這些人打交道、建立關係的話，多點認識藝術絕對是無往而不利的。

香港應該要有一本藝術雜誌

作為一個國際金融中心，香港的財經書籍／刊物數目之多，可說是獨步天下，應有盡有。

作為全球三大藝術中心之一，香港卻像一對不斷努力造人而未果的夫婦似的，怎樣也生不出一本像中國《芭莎藝術》或台灣《CANS 藝術新聞》這種高質素的藝術雜誌。

令人百思不得其解。何解？

你說沒有廣告收入嗎？君不見香港近年藝壇發展之蓬勃？Art Basel、Art Central、蘇富比、佳士得、高古軒、白立方等不同種類的藝術展覽，可說是應有盡有。藝術界競爭如此激烈，人人都需要更多宣傳媒介是常識吧？作為媒體，向這些藝壇大金主推銷廣告理應不會太難？

你說沒有藝術寫手嗎？君不見《明報》、《美紙》藝術版之人強馬壯？說真的，作為媒體，只要你願意付出微薄非常的報酬（別忘記，香港的稿費多年來都沒有怎樣加過），在香港要找好的藝術寫作人也多的是。

你說沒有認真讀者嗎？如果用這句話來形容十年前的香港，或許是對的，但這幾年本地藝術展覽之多，人們對各式各樣的藝術作品之熱情，足以反映愈來愈多人在這個界別深耕的現象。當你真正喜歡一樣東西，你自然會想知道更多、了解更多、研究更多，這時有甚麼比包羅萬有的雜誌更好？

邱吉爾說過：「I am an optimist. It does not seem too much use being anything else.」作為一個無藥可救的樂觀派，筆者一直深信古典經濟學理論Say's Law所說的supply creates its own demand（供給可以創造自身的需求），只要前提這是一個good的supply。等了又等那麼多年仍然不見蹤影，唯獨是2015年出版的《美術手帖》國際版成為例外中的例外。

在日本已經擁有近80年歷史，被譽為亞洲最權威的當代藝術雜誌《美術手帖》曾經在香港推出過國際版（繁體中文及英文版）的春季特別號，由三聯書店出版，介紹了全球100位最具代表性的當代藝術家（包括香港藝術家李傑及周俊輝等），另有深度採訪香港收藏家林偉而和劉家明，還有日本知名藝術家村上隆的歷年拍賣紀錄專輯等內容。

《美術手帖》一直致力介紹全球的當代藝術及文

2015年由三聯出版的《美術手帖》春季特別號。

化，是不同流派的藝術家匯聚的地方，也是貫穿國際與日本藝術的舞台；刊登的文章影響力不只在亞洲，亦經常獲西方的藝術博物館引用，及為西方傳媒轉載；因此讀者群極為廣泛，由一般熱愛藝術的市民以至藝術專業界的藝術家都是《美術手帖》的忠實讀者。

只是後來香港就只出版了那一期就不了了之，眼見現時本地藝術生態的蓬勃與藝術出版界的空白，唯有期望不久的將來香港也能夠擁有一本自己創辦的藝術雜誌，甚至成為超越《美術手帖》的存在。

中西的藝術文化貿易逆差

如果說，香港是一個極度西化的藝術市場，相信不會有太多人反對。無論是歐洲的、美國的，不少藍籌級的國際大畫廊在過去十多年間相繼進駐。在香港，我們可以如此容易和方便地接觸到來自世界各地的重量級藝術家作品，這絕對是其他亞洲主要競爭對手「恨也恨不到」的香港獨有優勢，也是香港藝術市場在過去這些年來賴以成功的關鍵。

但是，這樣的成功，長遠而言也不是沒有其隱憂之處：就是當我們的精神價值和審美眼光一方面像海洋公園裡面的熊貓般無意識地被人一直餵食一些西方飼料，但另一方面又欠缺具有國際觀的東方文化知識和自覺，嘗試反過來為外國人訴說自己的藝術故事的時候，這種單向式的藝術交流（實則可能是填鴨式灌輸）所帶來的「文化貿易逆差」，以及因此常出現一些帶著東方主義式想像的西方當代藝術作品，是值得關注的。

早幾年，筆者有機會在英國參與了一個難得的藝術項目，令我對上述的東西文化逆差現象有更深刻的體會。

來自香港專門代理中國當代藝術的3812畫廊，在全球第二大藝術中心倫敦 St. James's 藝術區開設畫廊。畫廊此一舉動的目的，就是希望在大中華區藝術家無論是藝術精神上或技法上皆日漸成熟的時候，向歐洲藝術收藏家以及廣大的藝術愛好者介紹一些真正可以表現到中國當代社會狀況和文化內涵的藝術作品。

倫敦畫廊開幕首展，是中國當代藝術家劉國夫的作品。一個在西方藝術界有點陌生的名字，所以在介紹的過程中也要花一點工夫。幸好，我們在倫敦的不少收藏家朋友都非常踴躍到場支持，也十分耐心地聽著講解。而當地不少媒體也對於有亞洲畫廊在英國脱歐後的不明朗環境下進駐倫敦表示了關注。例如，《每日電訊報（*The Daily Telegraph*）》資深藝術專欄作家Colin Gleadell在專欄就以「London's overseas art invasion」來形容一連串外國畫廊（包括3812畫廊）進軍倫敦藝術市場的狀況。

上文提到在推廣東方文化的同時保持國際觀的重要性，想表達的是如果我們選擇以「天朝上國」的心態自居，拒絕學習以西方的語言和做事方式來訴說自己的藝術故事，對於促進文化交流（或者說嘗試改善中國藝術文化貿易逆差）只會是一大窒礙。

在世界各地工作或旅行時，筆者也會趁機去參觀不同的展覽，除了可以從對方的策展方向、展品內容，以及佈展安排等方面取經外，也可順道對當地藝術觀眾的品味取向多作了解，也未嘗不是一件於身心眼光有益的事。

中國藝術家劉國夫與筆者在倫敦畫廊開幕首展上合影。

Black Lives Matter 下開出來的花

隨著「Black Lives Matter」社會運動在全球遍地開花，世界各地不同界別的人士都紛紛「站起來」，用不同的方式去表達種族平權的訴求。

文化藝術界也不例外。例如，佳士得拍賣行就曾經在網上舉辦一場名為「SAY IT LOUD (I'm Black and I'm Proud)」的網上拍賣展覽。作為佳士得歷來首個專為推廣黑人藝術而設的拍賣「SAY IT LOUD」的策劃人Destinee Ross-Sutton找來了22位來自世界各地的年輕黑人藝術家創作的藝術品，期望透過佳士得的國際網絡和展覽平台，令更多人關注黑人藝術家的狀況和處境。那次展覽的其中一個「賣點」是買家可與藝術家或其代理人直接交易，佳士得拍賣行只是擔當一個純粹中間人的角色，並不會收取買賣雙方任何費用。當然，在犬儒之士眼中，這不過是國際拍賣行的公關形象工程……但無論如何，主辦方在促進「Black Lives Matter」社會討論方面的用心和努力還是值得肯定的。

説到黑人藝術，近年在本地的一些畫廊中也出現過不少黑人藝術展覽，例如Hauser & Wirth的Mark Bradford、Lehmann Maupin畫廊的Wangechi Mutu、Lucie Chang Fine Arts畫廊的非洲藝術家聯展等等，都是難得的機會讓普羅大眾接觸黑人藝術。而在佳士得展覽中，一件來自美國南加州的藝術家Yoyo Lander的黑人肖像作品特別吸引了我的注意。

Yoyo Lander 畫作《The Deeper Longing is Greater Than Discomfort》。
圖片來源： YoYo Lander

作品中，一名赤裸的黑人女子坐在木椅上，神情帶點李清照筆下的那種「尋尋覓覓，冷冷清清，淒淒慘慘戚戚」的哀傷，好像是在期待著甚麼似的，但卻因為一些甚麼變故而最終好夢成空。在「此情無計可消除」的無助情況下，也只好獨自依靠在椅背上，好讓自己的情緒沉靜下來。

從作品系列的名稱〈Time Off〉和作品的名稱《The Deeper Longing is Greater Than Discomfort》，我們大概可猜到在「莫道不消魂」的表象下，藝術家希望帶出的弦外之意。

如藝術家説，我們每個人都會有面對脆弱(Vulnerability)的時候。脆弱背後，可能是面對挫敗的失落，可能是面對失去的憂愁，可能是面對未知的不安和恐懼。但它也可能是讓我們得以重生的契機和開始。正如Yoyo Lander的作品所啟發我們的，脆弱意味著我們終有機會誠實、赤裸裸地面對自己不完美的心靈，並從不完美中意識到自己的可改善之處，進而學習成為一個更美好、更強大、更懂得愛自己和愛別人，以及對未來有所盼望和期待的人。

經常有朋友問，甚麼是好的藝術？好的藝術是否一定要「美」？我想Yoyo Lander的這件作品就是一個很好的例子：一件好的藝術作品，不一定要像達文西在《蒙羅麗莎》中所追求的那種近乎完美的美——那對於大部分人來說也許有點不真實，也不太accessible吧；其實也可以像Yoyo Lander般透過呈現人生中的一些「不美」的狀況（如discomfort和vulnerability），來達致美的結果。

"The series explores black people who are perceived to be strong in vulnerable positions."

所謂「艱險我奮進，困乏我多情」，身在動蕩不安的世代中，幸好還有動人的藝術提醒我們，無論前路是多麼的困難，You'll never walk alone.

藝術的拍賣市場，拍賣市場的藝術

藝術的無／有價值投資？

過去十幾年，隨著中國藝術市場愈來愈蓬勃，對藝術市場的資本主義本質提出質疑的論調，可謂屢見不鮮，見怪不怪。先不論這種論調的是是非非，卻令筆者記起一本國際藝壇出版的好書*Art as an Investment? A Survey of Comparative Assets*。

此書由國際首屈一指的藝術報刊*The Art Newspaper*編輯Melanie Gerlis撰寫，作者以她過去多年從事金融投資的經驗，嘗試從股票市場、黃金、房地產、酒、奢侈品的角度，探討藝術作為一個投資商品的可能性。身在香港這樣的經濟城市，我們從大大小小的媒體平台都無可避免地會看到藝術博覽會又以多少破世界記錄的價錢賣出了多少件藝術品、拍賣行以天價拍賣了哪一個藝術家的藝術品、哪一個當紅藝術家一躍成為了億萬富翁等等，彷彿藝術已被毫無疑問地假定為一個可靠的對沖投資商品，彷彿購買藝術品只有合理／不合理回報的分別，而沒有風險存在／不存在的問題。但事實是否如此？

正如本書的作者Melanie Gerlis所說的，答案當然是否定的。

不像黃金，藝術品一般沒有內在價值(Intrinsic Value)，除非你是有權有勢的大畫廊、藝術經銷商或藝術家才有為藝術品定價(造價？)的能力。不像股票或房地產，藝術品一般欠缺足夠的市場數據可供參考和分析，加上國際藝術市場監管不足的情況下，這對於一般投資者而言是相對不利的。對比股票和房地產，藝術品的抵押價值和套現能力也是疑問；不像酒類投資，藝術品不論是在供應上還是價錢上均有所不同。對於投資者而言，酒界有酒評家Robert Parker這類的評分作為參考標準，但藝術界卻難以找到類似參考指標，令買家(尤其是剛開始收藏的)無所適從……

問題是，假如藝術真的是一件如此不靠譜的投資商品，世人為何還是會如痴如醉、前仆後繼為各大拍賣行和畫廊無限量進貢金錢？答案有兩個：唯美一點的講法，當然是「千金難買心好」、「藝術無價」吧；講得現實一點，就是收藏藝術品容易得到別人的重視和尊重吧。

咦，你尚未收到Art Basel的VIP卡？Oops… sorry。該死的資本主義！

21世紀的藝術大茶飯

2015年，國際知名藝術寫作人Georgina Adam出版了*Big Bucks: The Explosion of the Art Market in the 21st Century*一書，試圖以其在行內30年的經驗，分析21世紀藝術市場的發展趨勢。

近十多年，國際藝術市場發展迅速，全球藝術市場在2024年的總值（包括公開的拍賣行、畫廊、藝術經紀人買賣）約575億美元，比2023年稍稍下滑了約12%。美國仍然是全球領先的藝術市場，佔全球銷售額的43%；英國以18%重回第二大市場；而中國（包括香港）則以15%的佔比退居第三。

在Georgina Adam眼中，藝術市場的全球化、國際拍賣行和藝術經紀人的推波助瀾、國際藝博會的規模化、發展中國家（如中國和中東）的財富增長、當代藝術家（如Jeff Koons和村上隆）的品牌化、藝術逐漸成為一種投資商品等都是國際藝術市場在過去數十年急速膨脹的主要原因。

在書中，我們除了可讀到Georgina Adam對藝術市場一貫精闢獨到的分析，也可讀到她在各大小展覽和活動中的所見所聞，包括以下一些有趣的引述：一名國際拍賣行的當代藝術部門主管説：「在我有生之年，我相信我們將會看到一件以10億美元（！）成交的藝術品」；一名剛出席完國際頂級畫廊展覽開幕酒會的嘉賓説：「It smelt and tasted of money but cold money.」；一名國際知名畫廊主管説：「藝術現已成為繼毒品和娼妓後全球最大的不受規範市場！」

當藝術市場愈來愈大，並且愈來愈受少數大戶控制，甚至愈來愈難受監管的時候，這個發展趨勢對藝術的本質有甚麼影響？當藝術淪為一種滿足市場需求的產品，藝術作為藝術家的一種自我表達和創作的功能還有意義嗎？

一個藝術家或一件藝術品的價值，本應與其對文化的貢獻成正比的，可惜在一個高度市場化、以錢為先的大環境下，這樣的審美標準和文化討論彷彿注定被邊緣化，這正是Georgina Adam在藝術市場牛氣沖天、眾人皆醉的當下所提出的憂慮。

延伸閱讀：

Georgina Adam在*BBC*專欄

我看Art Basel的存在意義

作為Art Basel的前身Art HK的公關代表，自從2008年第一屆Art HK以及2013年第一屆Art Basel開始，筆者每年都不會錯過這個香港藝術界的年度盛事。

Art Basel所展出的，大部分都是所謂的當代藝術品，其中一個特點，就是其在藝術形式上的多樣性。有關怎樣界定「當代藝術」和「現代藝術」，儘管坊間不是沒有一些相對客觀、嚴謹的說法（例如曾經在Artistree舉行的「M+希克藏品：中國當代藝術四十年」展覽，策展人就把1974年視為中國當代藝術的開端，在此不贅），但與其花時間討論兩者在藝術史上的定義，不如嘗試將目光放回作品本身，這樣可能更有意思。

每年香港的Art Basel都吸引成千上萬的人次入場參觀。

筆者在Art Basel中為觀眾進行導賞。

不過，每年Art Basel展期大家也可從網絡或各大媒體中看到不少評論：「這樣也是『藝術』？」、「這樣的『藝術』也可以賣到幾千萬幾百萬？」之類的宣泄式留言，或者是藝術工作者如胡恩威先生的「香港書展令香港人覺得書好cheap，Art Basel HK令香港普通人覺得藝術太貴。進一步令香港人對藝術產生更大的誤解。」這類相對尖刻的評論。

又例如，有人可能會問：「為甚麼香港藝術家程展緯的紙皮作品，可能市值只有港幣50元，放到了Art Basel展場內就能賣到數萬至數十萬元？」

專業的藝評人或許會跟你説，這其實涉及到藝術市場的「暗黑邏輯」！根據香港作家廖偉棠先生的説法，藝術市場在當代近百年的資本主義運作之下，已經聖殿化了自身，它成功地轉化了人們對一、二百年前梵高等窮藝術家的負疚感、強化了人們對高深藝術的自卑感，因而得以壟斷藝術標準話語權。但是我經常想：類似這樣的「深度」解釋對於一些或許是首次來到藝博會的觀眾在理解作品方面究竟有甚麼幫助？

台灣著名音樂人兼收藏家姚謙先生在其著作《一個人的收藏》中曾說，媒體們總是傾向告訴我們哪一件藝術品如何價值連城，或者收藏家付出了多少天價將之收藏，這往往簡化了收藏者和參觀者與藝術品之間的關係。根據姚先生的見解，當我們看見這些或許在我們認知以外的藝術作品時，更重要的其實是不要被其售價所惑(因為那其實跟藝術品本身並沒有多大關係)，然後認真思考：這件放在眼前的藝術品可以在自己的生活裡，甚至是生命裡扮演甚麼樣的角色？甚麼樣的藝術品能打動自己？又有哪些看在眼裡完全沒有感覺的？當我們不斷地重複思考自己與各個不同類型的藝術品的內在關係，我們很快就能夠梳理出自己的審美標準，繼而找到自己的收藏偏好。從藝術普及的角度而言，我想這樣比起千篇一律的批判個別作品的炒作也許更有正面的影響吧。

也想引述香港資深藝評人劉健威先生在其專欄的見解——藝術圈的人逛Art Basel不時會埋怨：許多都是大師小品、展出的藝術家連年重複、有深度的作品不多、整個展場就像一個大型藝術超市……但這些批評有點不對題，有些潔癖，也不太公允——藝術博覽會怎不商業化呢？每個攤檔幾天租金就是好幾十萬，還有展品運費、員工薪金呢，要是一件東西也賣不出去，畫廊老闆損失多慘重？所以，走進不同的場地，就該有不同的批評標準，將評論博物館的標準用來批評一個商業空間，未免擬於不倫。

「無論從甚麼角度看，我也看不到Art Basel HK的存在對香港文化有甚麼負面作用——賣得貴不貴，這是市場決定的，關你甚麼事？你難道不想藝術有價，讓藝術家有更大的生存空間？你既可只看不買，也可以不看不買；但藝博會起碼給了市民一個入場參觀的機會——那規模是博物館也做不來的。」

在我而言，一場藝術活動如果可以引發以上的藝術討論，這個結果本身已經可以反映了藝博會存在的價值吧！

期勉大家繼續stay hungry and foolish，多走多看，總有一天你們會找到打動內心的藝術的。

未知的香港
當代藝術市場

説到Magnus Renfrew，筆者相信不少在亞洲藝術圈打滾的朋友都不會陌生。過去十年，香港由一個藝術從來不是主流話題的金融城市，發展成現在的全球三大藝術市場之一，Magnus Renfrew作為ART HK（2007-2012）和其後Art Basel（2012-2014）的關鍵領導人物，對於香港藝壇整體發展的貢獻是毋庸置疑的。他亦參與全球藝術圈內多個重要崗位，範疇包括博物館、商業畫廊、拍賣行、藝術展，非牟利機構至文化政策，對藝術的貢獻多次獲得國際藝術媒體的認可和肯定（除了經常出現在*ART REVIEW*、ART + AUCTION的POWER 100名單，亦被*Le Journal des Arts*評選為藝術圈中100位最重要影響力人物之一）。

有見及此，企鵝出版社特意邀請Magnus

Renfrew撰寫一本有關香港當代藝術市場的過去和未來的書，讓他和大家一起回顧這個城市的藝術市場在過去的急速發展，以及預視將來的挑戰和機遇。

此書一開始以香港著名詩人也斯(1949-2013)的一首詩《形象香港》作為引首：「歷史是一連串形象塑造的材料／可以是紙箔、塑膠、纖維／鐳射影碟的按鈕……我們在尋找一個不同的角度／永遠在邊緣永遠在過渡／我們用不同顏色的筆書寫／這些東西也很容易變得表面／歷史就是這樣建構出來的嗎？」也許表明了作者對於以這種「簡史」的形式書寫香港當代藝術市場發展的過程中所要面對的難度和挑戰。對於香港文藝界來說，這個開場白也不失為一個良好的示範，顯示這位來港超過七年、早已成為香港永久居民的外國作者對於本地文藝界的尊重和關心。

在書中的前言，作者就開宗明義：藝術不只是有關美麗的圖像(Pretty Picture)，而是有關創意和想法(Idea)。在這個還是以西方價值觀為主導的藝術世界，Magnus Renfrew希望全球讀者可以透過此書獲得一些新的想法，從而了解亞洲並不是一個可以從西方角度簡單歸納的地域概念。在這裡，每一個國家或城市都有其不能忽視的獨特性和審美觀念，尤其在歷史文化社會構成如此複雜的香港。

作為國際藝術品交易中心，香港也不是沒有隱憂的。在書的前言中，Magnus Renfrew就提到，隨著藝術市場變得愈來愈國際化，大部分畫廊更傾向推廣和展出更高價的西方藝術家作品，香港藝術家因此得不到足夠的展覽曝光機會和市場關注；而在百物騰貴的生活居住環境下，大部分非主流一線的藝術家幾乎都要身兼數職才能繼續創作，令不少本地藝術工作者對藝術市場的急速商業化有所怨言。

在缺乏具規模的非牟利美術館的策劃和推動下（在M+博物館的成立和香港藝術館完成擴建重開後，情況稍有改善），擁有龐大市場推廣資源的國際拍賣行就成為了藝術市場的taste maker。在香港，如果我們想看國際級藝術家的大型作品展覽，往往只能依靠每一季拍賣的預展和圖錄。

在耳濡目染下，人們漸漸不自覺地把一些藝術家在拍賣會上的成功跟其質素直接掛勾，繼而忽略了其他缺乏商業價值但是在藝術史具備重要參考價值的藝術家或作品，令社會審美眼光愈趨單一、表面和標準化。正如Magnus Renfrew所説，這種現象對於香港這個號稱「亞洲第一藝術中心」而言不得不説是一大遺憾。

作為行業內的領軍人物，Magnus Renfrew當然不會沒有克服以上挑戰的決心和想法。在書中，他就列舉了不少香港藝術界值得引以為傲和珍惜守護的優勢：

- 香港藝術市場前景將會建基於以下兩大因素：香港政府和民間對於本地廣東文化的保存，以及對於國際文化的持續包容性。
- 以直航飛機數量計算，香港擁有全球最好的航空交通網絡，而在香港的五小時飛航時間圈內更覆蓋了全球一半人口。
- 作為一個由中國轄下的前英國殖民地城市，香港生活文化之多元、社會包容性之高、食物種類質素之好，皆冠絕亞洲。這也是香港一直成功吸引不少海外藝術人才前來工作的主要原因。

- 香港具備良好的法治制度，加上低稅率，吸引了全球最頂尖的拍賣行、國際畫廊和藝博會進駐，是一個理想的營商地方(除了地價租金相對亞洲其他城市高)。
- 擁有世界首屈一指的藝博會Art Basel，現已成為全球收藏家來訪香港的年度盛事。
- 從2010年起，國際頂級畫廊如高古軒和白立方等相繼在港設立畫廊，令香港大眾有機會和更容易接觸到來自世界各地的藝術風格作品，提升了這個城市的整體藝術觀賞水平。
- 每年春秋兩季的拍賣會，早已是國際藝術市場的風向指標。
- 本地畫廊(例如藝倡畫廊、嘉圖現代藝術、奧沙香港、10號贊善里畫廊等)多年來在一手市場發掘、培養、推廣香港藝術家的堅持和高度專業性。
- 有多間有承擔、願景和能力的本地非牟利和公營藝術機構，包括Para Site藝術空間、亞洲藝術文獻庫，以及M+視覺文化博物館等。

正所謂萬事俱備，Magnus Renfrew相信香港現在有的是一個「once in a generation」的發展機會，進一步確立其作為亞洲創意文化中心的地位，並為何謂「國際藝術」(Global Art)重新立下一個適合於亞洲獨特市場語境的定義。而作者也希望文化藝術可以成為社會各個階層求同存異，進而達至共識，最終讓社會共贏的一個發展領域。

若然香港未來可以在具有遠見、思想開明的社會決策者的領導下繼續自強，補足尚欠的「東風」(例如政府對本地藝術發展的長遠計劃和支持、本地藝術文化管理人才的培養、藝術贊助風氣的推廣等)，筆者對於香港藝術界的發展前景，還是和此書作者一樣抱持一個相對樂觀的態度的。

在AI年代，我們還需要藝術家嗎？

在AI的年代，我們還需要藝術家嗎？

以色列歷史學家Yuval Noah Harari在全球暢銷的著作《21世紀的21堂課》中指出，在大數據(Big Data)無孔不入的全面支配下，人類的所有情感、生活習慣與狀況都會無可避免而且鉅細無遺地由精準的科學演算法所掌握。我們在甚麼時候希望以甚麼方式獲得哪一類型的藝術，全能／全知的自動演算法將會適時準確地把最「適合」你(無論是它認為最適合你的，還是它經過一系列精心計算的資訊操控後讓你「誤信」某一事物最適合你的)的藝術呈現於我們眼前——情況就正如我們平日無時無刻在Facebook或Instagram上所看到的所有內容或廣告，並不是出於偶然情況下的產物，而是演算法在經過大數據的分析後，正在以神不知鬼不覺的植入式方法，嘗試影響著我們一些思想上或是行為上的決定。

例如，如果藝術的其中一個主要功能是「在人類失落時，可以與我們一起共患難，分憂解愁」的話，大數據演算法大可以為你在那一刻的情緒作出全面分析後，以人工智能的方式自行創作一系列村上隆式人見人愛的太陽花，並將之送到我們每一個人的眼前(虛擬作品)甚至是府上(實體作品)，試圖令你的心情好轉。

但如果有一天，藝術淪為一些只剩下單純功能性的電腦產物，藝術還是藝術嗎？

回看藝術史上的一些最動人的偉大作品，其價值不正正在於藝術家所投放的心血和靈魂，以及他們能夠透過各種高超神奇的想法和技藝，把一般人所未知的或不能想像或言及的，以藝術的形式若隱若現地表達出來嗎？

"I put my heart and soul into my work, and I have lost my mind in the process."

——Vincent van Gogh

説到這裡，不禁想起兩位有名的英國藝術家。

第一位是已故藝術家Francis Bacon(1909-1992)，他在其同性愛人George Dyer自殺身亡後，懷著沉重心情創作的經典畫作《Figure in Movement(1972)》在倫敦佳士得拍賣，最後以逾港幣二億元成交。在驚人的成交價背後，或許更值得我們關注或思考的，是Francis Bacon 給予我們後世的一大重要訊息：「生命或許平庸，甚或毫無意義，但也許我們至少可以嘗試做些甚麼，化腐朽為神奇。」(Existence is in a way so banal, you may as well try and make a kind of grandeur out of it.)。

當面對著一些受到情傷困擾的朋友，筆者不時都會想到Bacon與Dyer這一段拉扯多年、充滿苦痛的愛情故事。如果以一個正面的角度去看，我們或許要感謝這段苦戀為Francis Bacon帶來的傷痛，否則我們或許就沒有機會看見Francis Bacon在「曾經滄海」的1970年代後的一系列經典作品，而他的作品也不會在這麼多年後，依然如此震撼人心。

正如英國著名藝評家 Michael Peppiatt 說：「*In a way Dyer's death allowed him to paint some of his very greatest pictures. Suddenly he had no need of mythical or religious structures because he had his own tragedy.*」

第二位是1974年出生的塗鴉藝術家Banksy，他曾經在倫敦舉行的蘇富比拍賣會上，把自己一件剛以高價成交的拍賣品《Girl with Balloon》轉化成娛樂性十足的「行為藝術」：藝術家早在2006年創作該藝術品時已有預謀地在畫作的框中暗藏碎紙裝置，在經過十多年漫長的等待後，Banksy終於等到原收藏家

成為一時熱話的《Girl with Balloon》。

把作品送到拍賣會上的一天，並在拍賣官大聲落槌、在場員工和觀眾紛紛為遠高於拍賣前估價的140萬美元成交而興高采烈之際，隨即遙控啟動警號和碎紙裝置，半幅畫作頓成碎紙條，令現場每位觀眾都看得目瞪口呆，事件也迅即成為全球新聞熱話，令人進一步反思藝術在當代社會中的真正價值。

以上兩位藝術家的故事彷彿都説明或提醒了我們一個事實：藝術的最大價值，或許不是藝術品本身，而是嘔心瀝血的創作過程，以及作品背後那一個有血有肉有性情的藝術家靈魂。而對於筆者而言，後者正好是藝術能否在可見的將來在Yuval Noah Harari教授口中的科技顛覆和人工智能雙重挑戰下，繼續感染和感動觀眾的一大關鍵。

當藝術
遇上科技

2019年，我還在畫廊工作。畫廊旗下代理的一位香港藝術家黃宏達，憑著其全球首創的人工智能水墨藝術裝置A.I. Gemini，把有關藝術科技的國際討論推進了一個全新的境地。

在短短一年間，他的人工智能水墨藝術展覽不只迅即得到國內外重要的收藏家收藏（如瑞士藝術收藏家Uli Sigg博士），也先後吸引到大型機構（如太古集團、SAMSUNG、Lane Crawford等）的永久購藏和商業合作機會，開創了藝術科技的一個新發展方向。

為了進一步推動有關藝術科技的跨學術討論，我們在同年底更特別在上海蘇寧藝術館舉行了的一場論壇，邀請了佳士得美術學院亞洲區總監毛國靖與黃宏達進行一場「科技水墨：人工智能與古代智慧」的歷史性對談。

黃宏達帶起了一波藝術科技的討論。

黃宏達的水墨藝術作品系列。

當時，有一位現場觀眾提出了一個疑問，就是當我們談到科技藝術或AI水墨的時候，很多觀眾會批評說科技和AI就是代表沒有感情、沒有人類的熱情在那個作品裡面。

毛國靖這樣回應：「到了當代藝術的時候，很多已經超越了情感上的重要，它的價值已更多是在概念上的發展。對我來說，AI就是一種順著當代人類社會發展出來的新科技，你說5G也好，機器人也好，它無疑已經變成了我們日常生活的一部分。這是一個概念上的全新發展，因此我覺得在美感上，我們或許也需要建立另一種評價方式……」

黃宏達則說：「AI畫出來的東西為甚麼一定要跟人去比較？它有自己的發展方向。這就是創新的部分，我們為甚麼用科技去做藝術，做水墨？因為是創新。如果有原創性的時候，我看這個作品可以算一個好的作品了。」

都是可圈可點的見解，值得有志從事藝術科技產業的人士參考。

踏入沉浸式世界，以科技提升觀賞體驗

日前，終於抽到時間到將軍澳一趟，參觀在香港知專設計學院(HKDI)舉行的「巴黎1874・印象派之夜：一場沉浸式探索虛擬之旅」。

這個沉浸式虛擬實境展覽由香港知專設計學院主辦，法國奧賽博物館、Excurio、GEDEON Experiences聯合製作，旨在慶祝印象派(Impressionism)誕生150周年。

説到印象派，無論你是學習西方現代藝術史的學生，還是一個純粹的藝術愛好者，位於法國巴黎的奧賽博物館都是必去之地。奧賽博物館於1986年成立(原建築為1900年世界博覽會火車站)，那裡收藏了世上最大規模的印象派和後印象派藝術藏品，包括莫內(Monet)的《睡蓮》、竇加(Degas)的〈芭蕾舞者〉系列、雷諾瓦(Renoir)的

參觀展覽時需全程戴著VR眼鏡體驗。

《煎餅磨坊的舞會》、梵谷（Vincent van Gogh）的《星夜》、高更（Gauguin）的《大溪地女子》；羅丹（Rodin）的《沉思者》等。

隨著時代的進步，現在不同類型的科技——例如擴增實境（AR）、虛擬實境（VR）、混合實境（MR）等，在香港的藝術展覽應用已愈來愈廣泛。我們也看到愈來愈多的展覽主辦方以「沉浸式」作為賣點，期望給予觀眾一個更多維度和多重感官的藝術體驗。

相對於傳統白牆掛畫的觀賞方式，具有豐富視覺效果的沉浸式展覽或許更迎合當代觀眾(特別是年輕一代)喜歡以手機拍攝和在社交媒體上「打卡」分享的心理需求。沉浸式展覽的另一好處是儘管當中的視覺效果大多是數碼化和虛擬的，但這並不妨礙觀眾渴望參與其中的熱情。

以「巴黎1874・印象派之夜：一場沉浸式探索虛擬之旅」為例，展覽融合了高端的3D再現(3D Reconstruction)技術，觀眾戴上VR眼鏡後，便恍如親臨150年前在法國巴黎舉辦的首個印象派展覽的開幕之夜，以一個類似Role-playing Game的主角身份走進不同的展覽廳，逐一認識莫奈、竇加、雷諾瓦、莫里索、塞尚、畢沙羅等一眾當年共同開創印象派的藝術家。在你的VR眼鏡中，這些本來只在教科書上出現的大師們無不栩栩如生的站在你面前有傾有講，真的無比的超現實！

整個VR旅程約42分鐘，由一進場時的員工接待、器材配備、影像質素，以至旁述內容(展覽設有廣東話、普通話、英語、法語四個配音版本供觀眾選擇)，展覽可說已達至國際級水平，比起我兩年前在法國龐畢度中心看的另一個沉浸式展覽「Noire」更是有過之而無不及。

作為觀眾，我們在坊間的沉浸式展覽中常見的「科技大於藝術」的情況並沒有出現；相反，從整個VR藝術導賞團中，我們可以清楚看到科技不只是為藝術服務，而是相輔相成地把整個藝術觀賞體驗提升了的理想境地。在我而言，這才是每一個藝術科技展覽策展人應該努力追求的完美平衡，而非那些只見科技(其實只是簡單到不行的投影機和電視屏幕……)而看不見任何有實際意義的藝術內容的所謂「沉浸式」展覽。

2025年，財政司司長陳茂波在財政預算案中表示:「在全球變局中，我們必須以科技創新為核心，全力加速發展經濟，尤其是強化經濟新動能、加快提升傳統產業的競爭力。科技變革與人工智能正重塑全球格局，催生更多新產業、新業態、新產品和新服務。我們必須抓緊機遇，把握好這個提速發展的關鍵窗口，先立後破，以改革創新引領未來，加速推動香港經濟高質量發展。」

在「高質量發展是新時代的硬道理」的大趨勢下，衷心希望有更多有識之士利用好祖國（人工智能、科技創新）和香港（國際金融、中西藝術）的資源，加速推進高端科技在本地藝文活動的廣泛應用，以適應新時代的觀眾需要，讓香港成為一個更具影響力和吸引力的國際大都會。

在香港知專設計學院舉辦的「巴黎 1874 ・ 印象派之夜： 一場沉浸式探索虛擬之旅」，獲得入場觀眾一致讚賞。

從兩大拍賣行巨頭總部落戶，回看2024藝術浪潮

對於亞洲拍賣界而言，2024年可說是劃時代的一年。

先說蘇富比拍賣行。2024年，市場開始傳出蘇富比陷入嚴重債務危機、全球大規模裁員、及後獲得來自中東阿布達比主權基金的10億美元注資等重大消息。與此同時，蘇富比在香港最核心商業地段中環置地遮打的全新總部「蘇富比旗艦藝廊」在七月盛大開幕。蘇富比希望通過這個佔地24,000平方呎的自家空間，以革新的一年四季可隨時調動展期時間和空間處理的「銷售展覽＋拍賣」零售方式，來取代以往在灣仔會展定期舉行的一年兩季春秋拍賣。換句話說，收藏家今後可在春秋兩季以外的日子，恆常地觀賞由蘇富比專家團隊策劃的不同展覽，當中涵蓋古代至當代大師級作品、珠寶、手錶、洋酒、手袋，以及以往甚少在拍賣場出現的收藏品類，例如恐龍化石、非洲當代設計傢俱、意大利古典銀器、電影海報絕品、稀珍書籍及手稿等。

位於中環置地遮打的蘇富比旗艦藝廊。

無獨有偶，另一國際拍賣行佳士得的全新亞太區總部也在2024年9月正式進駐了中環全新商業大樓The Henderson。這座全新地標式建築坐落於香港中環，由國際知名的扎哈·哈迪德建築事務所(Zaha Hadid Architects)設計。佳士得亞洲的全新頂級旗艦空間設於六至九樓，佔地約50,000平方英尺，設有世界一流的拍賣廳、藝廊、客戶專屬空間和辦公區域，全年為各地收藏家和藝術愛好者舉行精彩多樣的藝術及精品拍賣，並打造獨特體驗。

國際兩大龍頭拍賣行不約而同在香港作出如此大的商業模式轉型，將持續為亞洲藝術市場帶來甚麼影響？

兩大拍賣行在2024年底舉行的香港秋拍成績均未如理想，不少人歸咎於拍賣行管理層的人士變更，以及環球政經局勢不穩等內憂與外患。公平一點説，兩大拍賣行正在嘗試做的是希望改變買家習以為常多年的拍賣觀看和收藏模式，以適應新網絡時代日新月異的消費模式，而這肯定不是短短數年時間可以一蹴而就的事情。如何在每年每月適時適量地推出不同類型展覽，一方面保持著舊有收藏家在新拍賣時間表和新展覽環境下的收藏熱情，同時以更新穎和多元化的跨界展覽來吸引新年輕收藏家的關注，這是一個關係到各大拍賣行「生死存亡」的重大問題。

成功的關鍵，不只在於拍賣行是否有足夠的跨部門拍賣品或展品徵集和銷售能力，更在於跨部門策展的能力——2024年由蘇富比亞洲區主席仇國仕策劃的首展「菩提：佛教藝術萃珍」、「冰：龍美術館借展雙珍」與Banksy話題性十足的自毀作品《Girl with Balloon》就是一個絕佳的跨界式策展示範。但在近年拍賣行人才不斷流失至畫廊一手市場和藝術顧問公司的大趨勢下，要找到或培訓出像仇國仕這樣的資深藝術通才恐怕並不容易。

在經濟不景氣下，可以預期各大拍賣行在未來數年的前景仍然充滿挑戰。隨著藝術收藏圈的青黃不接問題日益嚴重——一方面老一輩藏家的收藏

位於The Henderson的佳士得亞洲旗艦空間。

由佳士得中國書畫部專家石嘉雯主持的佳士得拍賣會。

品後繼無人，另一方面New Money世代更傾向於把閒錢放在持續升值的虛擬資產而非「價值虛無」的藝術品——拍賣行將會怎樣吸引更多亞洲年青一代參與藝術收藏？

無論如何，對於藝術愛好者而言，有幸見證著兩大拍賣行在網上觀看和網上收藏大行其道的當下仍然願意為「實體業務」投下重注，真是福氣（再加上富藝斯在2023年開幕的香港西九新總部，以及邦瀚斯在2024年底在香港太古廣場六座開幕的全新亞洲總部）。畢竟在這個愈趨虛擬的AI新時代，誰能保證我們的後代還會視收藏實體藝術品為理想生活中的必需品？

蘇富比旗艦藝廊的首展「菩提：佛教藝術萃珍」。

藝術家的
「價值」

藝術家也有「MBTI」？四大藝術家類型

許多人說，在這個社交媒體主導的年代，不懂得網上宣傳，就等同自殺。

不禁想，如果將這句話放在藝術圈，又是否成立呢？環顧現在的藝術市場，我們大概可把藝術家分為四大類型：

一、超級巨星型

就像演藝界的那些天王天后，有些藝術家天生就是一副明星相，出道後馬上有大型畫廊代理，展覽後馬上得到媒體的廣泛報道、收藏家的支持，以及品牌代言的機會。像日本當代藝術家村上隆2025年頻頻來港出席國際品牌宣傳活動，然後又在紐約Gagosian畫廊舉辦全新展覽「JAPONISME」，再到美國克利夫蘭藝術博物館舉辦大型展覽「Takashi Murakami: Stepping on the Tail of a Rainbow」。由此可見，所謂超級巨星型藝術家的成功並非一朝一夕的，背後在marketing操作上所花的心力和體力不容小覷。

二、傳統畫廊型

相對於超級巨星型，有些人正正經經、規規矩矩地按著傳統的步伐去發展自己的藝術事業：首先在大學修讀藝術系，本科畢業後繼續進修讀碩士，然後在畢業展希望有機會被獨具慧眼的畫廊主發掘，然後開展每一至兩年辦一次個展的發展軌跡。幸運的話(一般低於10%機會)，藝術家在完成一兩次展覽後就會打出名堂，逐漸在藝術市場中站穩陣腳；不夠運的話，畫廊或許會重新考慮藝術家在未來的發展可能性，然後再決定是否繼續代理他／她的作品。由於前景未明，藝術家一般會一邊打工(例如教畫)來維持生計，一邊繼續創作，希望有機會在一些不定期舉行的畫廊群展中維持曝光，然後終有一天會捱出頭來。在宣傳方面，這一類藝術家大多非常低調，除非自己有展覽或完成甚麼重大作品，否則不容易在社交平台上看見他們的更新。

三、獨立自主型

這類藝術家當中又細分兩種：

1. 一種是早已成功上岸，在嘗試過藝術界中各種一級和二級市場操作後，傾向以更加隨心所欲的心態去創作和展覽。他們大多不抗拒畫廊或拍賣行展覽，只是不希望被各種合約形式約束，所以大多合作都是逐次性的project based，有的甚至會開始嘗試「自編自導自展」，組合幾位志同道合的藝術家和策展人，然後自己找地方策劃展覽。這種100%自我問責和自負盈虧的展覽方式，好處是不用跟畫廊交待和拆賬(一般是50／50)。如果賣得好，收入也應足以支持一個全職獨立藝術家的基本開支和生活費。

2. 另一種是那些在社交媒體已建立大量忠實粉絲的獨立藝術家。他們擅於在各個社交媒體上與關注者保持互動，更經常拍照或拍片宣傳自己的作品，然後自行定價，直接與follower進行交易。據我所知，有些本地獨立藝術家每年只在IG

賣畫已有超過港幣100萬元的收入！在藝術市場不景氣的大環境下，可以預見這種本小利大的網絡營銷的影響力將會愈來愈大。

四、超級Social型

常言道：「識人好過識字。」在藝術圈當然也不例外。近年，不少藝術家都紛紛加入不同的商會或出席不同的社團晚宴，旨在於不同的社交圈中開拓人脈，尋找商機。有的更成功獲得政府、大型地產商、銀行和保險機構邀請創作委約作品，可謂名成利就。

眼見愈來愈多藝術家懂得以靈活多變的方式去包裝和宣傳自己，讓自己的藝術透過更大的平台去接觸公眾，這是一件好事。作為一個持續關注香港藝術界發展的工作者，我期望更多有志於藝術創作的年輕一代可以向不同類型的藝術家借鑑，然後根據自己的個性和能力，選擇最合適的方向發展。

請相信：世界這麼大，總有一條路適合你的。

奈良美智
點「鈔」成金的後遺症

如果說，一個人能把港幣100元的紙鈔變成了價值港幣40萬元，那是不是魔術師的把戲？

但如果我跟你說，那是千真萬確的事，而那個「魔術師」更是一名藝術家，你會否覺得很有趣？

2011年，奈良美智在一張100元香港紙幣上畫上其標誌性的小女孩圖案，贈予原收藏家。相隔八年後，藏家決定放到拍賣行轉售。原先的拍賣估價港幣30,000至40,000元對於一般人而言或許也會嫌太高，但放在無奇不有的國際當代藝術環境下，真的impossible is nothing！承接在前一晚香港蘇富比當代藝術晚間拍賣創下奈良美智的個人拍賣紀錄(作品《背後藏刀》以港幣195,696,000元成交！)的強勢，上述這張「限量版」100元香港紙幣結果以超出估價十多倍的港幣450,000元成功拍出，可說是震驚了整個藝術拍賣界！

蘇富比網站上顯示的《背後藏刀》成交價。
圖片來源：Sotheby's official website

筆者也忍不住在自己的Facebook上分享了這一則驚人消息，很多在帖文下留言的朋友都說此情此景實在令人費解：「Real????」、「藝術嘅嘢真係識條鐵」、「crazy art market」、「似小朋友亂畫多啲」、「喂呀～我都畫到呀XD」、「偽術作品」、「藝術從來都係有錢人嘅玩意」、「Is it legal to draw on the bill?」、「如果我畫到咁已經被人拉咗」、「發達大計」……說真的，以上都是十分可以理解和實在的大眾點評。作為藝術工作者的我們如果再想深一層，更會發覺此風所帶來的後遺症實在不容忽視。

如果我們任由藝術市場的「無形之手」在沒有任何基本審美標準或正確價值導向下運行，這種本人稱之為「忽然天價」的當代藝術作品的出現或冒起，對於無論是有志於藝術創作或希望學習欣賞藝術的人都是一種十分令人洩氣的現象。眼見這樣看似隨手亂畫幾筆的東西(先不說能否視之為藝術)都可以賣到這樣的價錢，日後還有人會尊重藝術、認真看待創作？還有人在乎藝術傳統或承傳？還有人虛心學習基本技巧？

另一方面，回顧現代藝術史，我們了解到，藝術作品從來都是社會中一小撮人才能負擔得起去收藏的東西，但這並不妨礙社會大眾去欣賞、學習，甚至期望有一天擁有或創作出一件好的藝術作品。但當全球資本主義之盛行，加上在大數據控制下無遠弗屆的網上廣告、宣傳與行銷力量，大眾對於藝術潮流和市場價格的關注必然大於一切，那麼藝術價值的討論又如何推動和發展？而真正想學習收藏藝術的人，又如何可以做到不受到市場潮流和價格的影響而根據自己的個性，忠於自己的品味去收藏？

村上隆的商業成功之道

「藝術家是位於社會最底層的位置，要是沒有這種自覺，就無法在這業界生存。」

一翻開《創造力的極論》這本書，劈頭的第一句就是村上隆的一記「當頭棒喝」，不知各位有志於藝術界發展的朋友有甚麼感想？

說實話，這不是一本會令人讀後感覺良好的書，也請不要被

村上隆的作品不時出現在香港大大小小的展覽上。

那個「勁到有點虛，誇到有點張」的書名騙倒，以為看完本書就會畢加索上身，創作力忽然爆登。

更不用說，本書的作者，正是在過去30年以來，不斷被數之不盡的藝評人冷嘲熱諷：「那些連五歲小朋友都識畫的哈哈笑，咁都叫藝術？」、藝

村上隆來港出席ComplexCon x CASETiFY品牌宣傳活動。

術家嗤之以鼻：「自己開間藝術工場，請幾百個廉價藝術系畢業生返嚟，然後倒模式咁copy and paste畫畫，咁都叫藝術家？」的村上隆？

一說到藝術，我們或許會即時聯想到社會金字塔頂端的上流貴族，以及展覽開幕中的衣香鬢影；而立志成為藝術家的人，往往容易自我膨脹，認為藝術家是與眾不同的存在，比「一般人」了不起。村上隆跟你說：「其實不然。」在他而言，就算你在藝術界多麼成功，還是無法擺脫處身於社會最底層的事實。的確，儘管今天已貴為日本首屈一指的當代藝術家，並在全球闖出一番名堂，他還是繼續甘於在世人面前扮演小丑，做些取悅社會大眾的事。

我們或許以為，一個藝術家一旦成功，就能隨心所欲創作，不論畫的是甚麼，展覽的是甚麼，都會理所當然輕易地得到收藏家的青睞、藝評人的熱捧、觀眾的讚好：「你的作品實在太amazing！太美了！」。村上隆說，藝術作品並不是為了滿足自己而創作，而是以客戶為(金)主的一門生意。

我們或許以為，藝術應該是純粹的，不應該以市場或商業掛帥。村上隆說，唯有放下無謂的「藝術家」束縛和身段，將回應客戶需求視為一個理所當然的創作過程，當代藝術才能與商業有所連結，持續發展。

我們或許以為，作為藝術家，首重的當然是畫功。村上隆以自身經驗跟你說，縱使畫功不怎麼樣，還是有可能成功，在當代藝術界找到屬於自己的一片天……只要你善於交際，懂得待人接物，精於個人品牌管理的話。

當然，cynical的我們或許會以為作者在這本書所說的都只不過是一場形象公關工程，試圖為自己頌德歌功，但對於那些有鋪「孤芳自賞」、「懷才不遇」或「自怨自艾」癮的文人藝術家來說，《創造力的極論》不失為一本難得的藝術家參考書，提醒我們：一個藝術家，無論你多有名氣、多有天賦都好，也應該有作為藝術家（甚至作為一個人）的修養和處世之道。正如作者說，就算你在藝術界多麼成功，還是無法擺脱這個必須與畫商、藝術經紀人、美術館工作人員等各式各樣的人來往的當代藝術世界，對不對？

「話說回來，也許很多人討厭我的行事風格，但當代藝術就是如此。」這是村上隆在書中反覆說的。

So sad，but true。

Andy Warhol
——當代藝術的救世主

在Netflix看了*The Andy Warhol Diaries*，重燃了自己對於這位逝去近四十年的美國藝術家的興趣。

這套一連六集、根據Andy Warhol的日記(由Pat Hackett編輯)而拍成的紀錄片，一出來便獲得廣泛傳媒的報道：*Time Magazine*評為「brilliantly executed」；英國*The Guardian*的〈TV Review〉也給予四星評分(五星為滿分)。

2022年於京都的Andy Warhol展覽展出了《Three Marilyns》。

對於當代觀眾而言，Andy Warhol究竟是一個怎樣的存在？

儘管這位美國波普藝術之父已經離世多年，他在今天全球藝術市場的地位依然舉足輕重。

2022年，佳士得拍賣行在五月舉行的紐約拍賣會推出Andy Warhol的一幅1964年作品《槍擊瑪麗蓮》，1.95億美元成交，比起Andy Warhol的一幅1963年作品《銀色車禍(雙重災難)》在2013年由蘇富比拍賣行創下的拍賣紀錄1.05億美元高出差不多一倍價錢，再創當時拍賣史上成交價格最高紀錄。

Digital Art Fair上的Andy Warhol NFT作品。

先看看拍賣行怎樣介紹這件藝術品：「The most significant 20th century painting to come to auction in a generation, Andy Warhol's Marilyn is the absolute pinnacle of American Pop and the promise of the American Dream encapsulating optimism, fragility, celebrity and iconography all at once. The painting transcends the genre of portraiture in America, superseding 20th century art and culture. Standing alongside Botticelli's Birth of Venus, Da Vinci's Mona Lisa and Picasso's Les Demoiselles d'Avignon, Warhol' s Marilyn is categorically one of the greatest paintings of all time and a once in a generation opportunity to present this masterpiece publicly at auction.」

先不論把這件Andy Warhol作品與波提切利的《維納斯的誕生》、達文西的《蒙羅麗莎》、畢加索的《亞維農的少女》這些早已公認為歷史上最偉大的藝術作品相提並論是否合適，我們實在不得不佩服拍賣行在推銷Andy Warhol時所展示的那種無所不用其極的創意。

事實上，如果Andy Warhol仍然在生，相信他也會非常認同，這種創意本身，根本就是另一門(甚至是更不容易的)「藝術」。

就像他曾經所講的：「*Being good in business is the most fascinating kind of art. Making money is art and working is art and good business is the best art.*」

是的，在這個時勢，要做好一門生意，殊不簡單。

在愈見虛浮的藝術界，如何做個快樂老實人？

2019年的Art Base Miami，有一件由意大利藝術家Maurizio Cattelan創作的作品《Comedian》至今仍為人津津樂道(或嘲諷？)——一隻用銀色膠紙貼在牆上的普通香蕉，以120,000美元(是的，你沒有看錯)成功售出三件。然後，在某個周六的下午，其中展出的一件作品被不速之客(據說是行為藝術家)拆下來並隨即吃掉，在經過早有預謀的全程IG直播兼瘋傳狂share後，頓時成為全球藝術界熱話。

事件令我想起國際知名收藏家Sylvain Levy寫過的一篇文章〈The challenges facing the art world today〉。Levy說，當下藝術界面對的最大問題，就是「金錢的威力」(The Power Of Money)：來自畫廊、美術館、拍賣行、藝術媒體的一小撮財雄勢大的人士憑著無遠弗屆的影響

當一條香蕉也可以高價拍出，不禁令人反思藝術到底是甚麼？

力去「點石成金」，進而去define which artists would be celebrated。而在全球藝術界普遍缺乏獨立藝術評論的生態環境下，那些「幸運地」獲得以上權威人士看中的藝術家便可輕易跳過一般藝術家或需艱苦經營多年，但也未必能捱出頭來的正常步伐(畫廊代理—>美術館認可—>重要藝術評論記錄)，代之而走上那條隨著講求速度和效率的數碼世代而衍生出來的「IG爆like一夜成名」的成功捷徑。

回想那些年，藝術界並不是這樣的。藝術家創作時就是單純的創作，不用考慮甚麼社交平台營銷秘技；收藏家收藏一件作品也就是出於內心單純的感動與喜歡，很少有任何變賣獲利的想法。

筆者曾經有幸在中環都爹利會館聽著著名收藏家、梅潔樓主人羅仲榮先生細說他在當年如何認識周綠雲這位香港新水墨運動的重要藝術家，怎樣在沒有太多人關注她的時候開始收藏她的作

梅潔樓主人羅仲榮先生（左）與友人，攝於中環都爹利會館「周綠雲風采再遇——梅潔樓藏畫」展覽。

周綠雲的作品《做個快樂老實人》。

品，然後怎樣在收藏了周綠雲幾十年後的今天仍然想念這位容易被人忽略的優秀藝術家，故此決定在都爹利會館舉辦一場私人收藏展，展示六件在現今市場難得一見的周綠雲珍品。

羅先生口說只是想借著同期於亞洲協會香港中心舉辦的「萬象之根：周綠雲繪畫藝術展」來湊湊熱鬧，但誰都知道他的用心，無非就是希望多些人知道香港出現過如此令人眼前一亮的藝術家。羅先生特別推介周綠雲一幅四米多長的大水墨畫《無題》，此畫在1970年代一直掛在委託周綠雲創作此畫的利園酒店陶然亭內，是周綠雲難得一見的大畫，後來因緣際會給羅先生收回來了。而我卻鍾情於她另一件在1993年創作的《做個快樂老實人》，愛其純粹、揮灑、直接！

在愈見虛浮的藝術界要做一個快樂老實人，相信是不少同道都會面對的挑戰。除了自我修行，嘗試慢下來，放下你的手機，以一個最無罣礙的心情去真切感受藝術的力量和喜悅，也許是未來的一個不錯課題。

Matthew Wong
死後成名之謎

在早幾年疫情期間，國際藝壇值得回顧的事情太多，但如果只能說一位藝術家，我想非Matthew Wong莫屬了。

曾在香港留學的 Matthew Wong，是加拿大華裔已故藝術家，其油畫作品《Shangri-La》在2020年10月7日舉行的紐約佳士得戰後及當代藝術拍賣中，以447萬美元成交，遠高於50萬至70萬美元估價，吸引了國際藝術界的關注。

同年的6月底，Matthew Wong的另一件油畫作品《The Realm of Appearances》在紐約蘇富比的當代藝術晚拍以180萬美元成交，同樣遠高於當時的作品估價（六萬至八萬美元）。在數月之間錄得如此瘋狂的價格升幅，在藝術市場的太平盛世時也是難得一見的，更不用說那時全球經濟仍然處於COVID的衰退陰霾之中。

不禁想：一個缺乏重要美術館研究、展覽、出版、收藏紀錄的已故華人藝術家，價錢已經升至與西方一線藝術家同一等級，反映的是國際熱錢的「非理性」流入，還是一眾藏家的「高瞻遠矚」？

Matthew Wong 2018 年的作品《夕陽之河》。

根據Artnet的統計，自從Matthew Wong在2019年10月不幸離世後，在短短一年間，已經有10件作品相繼出現在拍賣市場上。可以想像，其作品將會在未來幾年持續流入市場，他真的會成為下一個死後成名的藝術家嗎？這個泡沫將會持續多久？

當然，一時的拍賣成交價並不代表甚麼。對著這些以千萬起計的「堅離地」價錢，我們大可抱著「none of my business」的態度來視之。畢竟，一件作品的藝術價值，很多時都是與反覆無常的市場價格不太相關的。

Matthew Wong 曾說：「I would like my paintings to have something in them people across the spectrum can find things they identify with. I do believe that there is an inherent loneliness or melancholy to much of contemporary life, and on a broader level I feel my work speaks to this quality in addition to being a reflection of my thoughts, fascinations and impulses.」

在其表面光鮮亮麗的畫作背後，他希望跟觀眾講的，其實是一個關於當代社會中，我們每一個人都難以逃避的寂寞與憂傷的故事。

如果我們只懂得以「窮得只剩下金錢」的庸俗口吻來談論他的作品，未免糟蹋了他以短短的一生換來的心血結晶。

這樣不只是一種不自覺的傲慢，也是對於藝術家創作的蔑視。

看畫不只要獨具慧眼，更要放下投機的慾念，保持一顆純淨的虛心。

所謂：「時時勤拂拭，勿使惹塵埃。」這些都是我們在學習欣賞藝術時必須謹記的。

莎士比亞在拍賣會寫下的一頁

《莎士比亞全集》初版創下文學著作的世界拍賣記錄。

除了藝術，近年我也開始接觸一門新興趣，就是具收藏價值的二手舊書。

在香港，除了少數文化人和書迷外，收藏書籍始終是一門小眾玩意。一來在這個手機網絡時代，還會有買書、看書習慣的人本身就不多了，藏書更不用說；二來收藏書籍的入門門檻並不低：首先你要有自己喜歡的作家，然後你要有方法和門路去尋找心目中想要的特定書籍版本。假設你真的如此夠運氣找到了，也要看你是否有足夠的眼光去分辨不同版本的收藏價值、保存狀況和真偽等，以及最重要的你是否有足夠的財力去跟別人爭，最終把它收回來。

2020年，在紐約佳士得拍賣行，就有一件極為珍貴和稀罕的古書上拍，引起全球書迷關注。

說的是在1623年出版、被譽為「英國文學史上最重要著作和世界文學典範」(The most important book in English literature and an icon of world literature)的《莎士比亞全集》初版(也稱為「第一對折本」，The First Folio)。拍賣品最終以超過估價400萬至600萬美元的997.8萬美元成功拍出，競投者為19th-Century Rare Book and Photograph Shop創辦人及主席Stephan Loewentheil，創下文學著作的世界拍賣記錄。

莎士比亞在文學上之偉大貢獻，絕對是毋庸置疑的，但究竟是否值得以這樣的天價去擁有他的一本書？除了收藏家個人的感性(或衝動)一面，一些基本的理性分析我們還是可以做的。

首先，我們可以看這本《莎士比亞全集》初版的稀有性(Rarity)。

這本書已有近400年歷史。據知，當年初版的印刷數量大約是750本。目前傳世的大約有235本，大部分屬於難以在市場流通的公共收藏(例如收藏了82本的美國Folger Shakespeare Library)；保存狀況完美的只有56本，當中已知由私人收藏的就只有五本，這次拍賣正是其中一本，來自美國加州Oakland的Mills College的收藏。由此，我們對拍賣品的稀有性大約有初步了解。

接著，我們也可以參考一下過往的市場成交價格。

對上一次在公開拍賣場上看見《莎士比亞全集》初版拍賣已是2001年，當時也是在紐約佳士得拍賣行，最終以616.6萬美元成交。經過了差不多20年時間，這次的拍賣估價（400萬至600萬美元）可說是頗為保守，難怪會吸引到不少收藏家參與競投。據説整個拍賣過程維持了六分鐘，激烈程度可想而知。考慮到這是一個廿年來一遇的機會，加上通漲等因素，997.8萬美元的成交價可説是非常合理。

最後，當然要考慮著作本身的文學價值。

莎士比亞一生創作了超過三十多個劇本，但在1616年他離世的時候，由於種種原因，曾經印刷出版的只有其中一半。如果不是有四位有心人（包括莎士比亞的兩位好友John Heminges和Henry Condell，以及兩位出版人Isaac Jaggard和Edward Blount）合力將莎士比亞的作品結集出版，《暴風雨》、《馬克白》、《皆大歡喜》、《凱撒大帝》等18套劇恐怕早已失傳了。了解到這些鮮為人知的逸史後，這本1623年出版的莎士比亞著作在文學上以及歷史上的重要性就更加明顯了。

"It is to be all made of fantasy,
All made of passion and all made of wishes,
All adoration, duty, and observance,
All humbleness, all patience and impatience,
All purity, all trial, all observance
And so am I for Phebe."
—— Shakespeare "As You Like It"

「渾身的都是幻想,
都是熱情,都是願望;
全是崇拜,義務,服從;
全是謙卑,忍耐,焦躁;
全是純潔,磨煉,恭敬;
我為了菲畢便是這樣。」
——莎士比亞《皆大歡喜》

在偉大的莎翁面前,也許我們也不得不暗自承認:「And so am I for Shakespeare」。

從一代畫商Leo Castelli，學習看待藝術的哲學

每個人的人生皆有不同的節奏。尤其在事業上。

有些人，在50歲已經完成人的大半「成就」，如Obama；有些人，卻要等到80歲才勇闖高峰，如Joe Biden。

在藝術界，有一個被譽為上世紀最偉大畫商：Leo Castelli。在他49歲的時候(1957年)，Castelli得到有錢外父的資助下，正式創立他的個人畫廊。在此之前，儘管他曾經接觸過不同行業，如賣保險、加入美軍做情報、傳譯和製衣工廠員工等，但無論以歐美哪一個標準來說，他在事業上都可說是一個一事無成的「廢中」……但結果，上天卻有趣地讓Castelli這個明顯地輸在起跑線十幾個「馬位」的人，神奇地遇上並簽下一個又一個美國戰後藝術史上最具影響力的藝術家，包括Robert Rauschenberg、Jasper Johns、Roy Lichtenstein和Frank Stella等，令他名留青史。所以經常說，人生很多時確是難以預料。

說到Castelli的生意哲學，實在有太多值得分享。

1.「永遠不重複別人做過的，只喝頭啖湯。」

大部分人在經營一盤生意時，著眼點都放在賺不賺錢，但Castelli不是。他對於當時市場最受歡迎的歐洲現代藝術大師，如畢加索和馬蒂斯，又或是美國最為流行的抽象表現主義藝術家並不感興趣，因為他覺得這些都是「昨天」的old stuff 。他更感興趣的是在「當下」創造下一個潮流，正如他當初發掘未來藝壇巨星Jasper Johns的情節一樣：「He just wanted to be first with artists almost nobody knew.」

2.「為了喝到頭啖湯，我可以無條件支持你！」

一個藝術家的作品能不能賣，不是Castelli最重要的考慮；只要他相信你的作品是OK的，他就可以不計成本地支持他畫廊代理的藝術家。最經典的一個例子：Castelli旗下曾經有一個藝術家在簽約後的20年內竟然一幅作品也賣不出。但Castelli卻堅持無條件、無回報地照每月出糧給這位藝術家，讓他可以安安落落地專心創作20年！

Jasper Johns（左）在Leo Castelli的支持下，成為了美國戰後最炙手可熱的藝術家之一。

事後，有人問過Castelli，作為一個畫商，為甚麼要這麼傻，做出如此不合理的反商業行為？他說：「我怎能夠放棄他呢？他只是在有生之年還沒有成功罷了，這都是我的責任呀！」實在不得不佩服，也不得不尊重他。

3. 作為藝術工作者，眼光和能耐重要，但保持開放和謙卑的心態也許更為重要。

正如Castelli所言：「Anyone can discover an artist, but to make him what he is, give him importance, that's really discovery.」作為一個藝術工作者，眼光和能耐是重

要的，但保持開放和謙卑的心態也許更為重要。說到欣賞藝術時應該抱持怎樣的心態？Castelli曾經說過：「Painting was what artists make of it. One does not have to like it, but one cannot discard it… One can lament a certain fashion, but one… just cannot say: 'This is not art, it will go away.'」讀到這句話，我內心好像頓時有一番領悟：是的，我們不一定要喜歡某些藝術，但我們也絕不應該單憑一己的傲慢與偏見而忽視它——After all, who do you think you are?

有興趣了解更多有關Castelli傳奇一生的朋友，不妨看看Michael Shnayerson的著作*Boom: Mad Money, Mega Dealers, and the Rise of Contemporary Art*。雖然四百多頁確實有點厚，但絕對值得看。

藝術拿來主義

認真地問：如果我只是一個單純喜歡藝術而從來沒有想過擁有藝術品的普通人，藝術拍賣相關的新聞資訊對我究竟有甚麼用？而如果我是一個無論在知識或金錢上都頗為準備去開始購買或收藏藝術品的人，又應該怎樣解讀這些新聞資訊？關於前者，我想我們除了會「哇塞！」、「藝術市場真的好像不錯喔！」、「為甚麼如此水準的畫也可以拍到這麼高價錢？！」、「一定又是那些無知炒家來散水（錢）掃貨吧！」之外，也應該不會有其他更有意思或更深層次的聯想吧。

關於後者，儘管媒體的報道好像説了很多數字，但市場為甚麼會對某一類藝術品特別感興趣，或該類拍賣品的藝術價值（而非市場價格）究竟在哪裡等這些應該更值得探討的問題卻著墨不多。在這樣的媒體生態下，我們可以預期藝術市場會催生更多講求藝術價值多於市場價值的買家／收藏家，還是藝術投資者／炒家？而長遠來看，兩者對於藝術市場的發展又會帶來甚麼影響？

不是說不應講錢，但是我們可否在報道這些拍賣新聞的時候，加插更多有趣的資訊？

José-María Cano的《華爾街100-馬雲》。

以西班牙畫家José-María Cano（卡諾）一幅取自《華爾街日報》專欄小圖的馬雲肖像畫《華爾街100-馬雲》為例，此作在2017年的蘇富比現當代藝術晚間拍賣上，以港幣322萬元高價成交（拍前估價為港幣100萬至200萬元）。除了拍得不錯的成交價錢，我們或許可以先問：為何這個西班牙藝術家會對中國企業家馬雲感到興趣，並以他為創作主題？如果參考一下拍賣圖錄，我們便會明白，原來藝術家曾經為一眾政商界猛人創作肖像畫，包括Bill Gates、Rupert Murdoch和Alan Greenspan等。「《華爾街100-馬雲》以中國企業家馬雲作為當代印記，喚起了神聖感，因為馬雲基本上就是一名將資本經濟奉為圭臬的大眾偶像。如此一來，藝術家不但向社會成功人士致敬，更為社會『神化』商業精英這一現象提供了嶄新的視角，反觀活在21世紀初的我們，是如何深陷在媒體、金錢及權力迷惑的超級資本主義世界。」

哦，原來如此！

然後，對藝術史比較熟悉的朋友或許會再追問：José-María Cano的創作方向看來有點像Andy Warhol，其實是否受到他啟發？這時候，我們又可以在拍賣圖錄中看到這樣的說明：「卡諾擷取媒體中的名人圖像而挪用改成自己作品的手法，與安迪．沃荷的絲網印刷有異曲同工之妙。正如沃荷，卡諾以照相製版，並透過投影技術將圖像放大到畫布上，因著沃荷對名人如瑪麗蓮夢露和毛澤東等的迷戀，這些當代偶像得以在沃荷的絹印作品中永垂不朽。然而，沃荷和他的追隨者對於複製深深著迷，卡諾則恰好相反，醉心於將複製回歸原始，特別是運用蠟彩這種高度繁複、耗時費力的作畫方式。卡諾並非單單複製，而是扭轉沃氏畫風中原始與重製之間的關係，使之成為獨一無二的藝術品。」

哦，原來如此！

當我們在心中有了這種「哦，原來如此！」的想法的時候，意味著不管藝術品拍賣了多少錢（正如台灣收藏家姚謙在其著作《一個人的收藏作者》中說，拍賣成交價完全是競投者的個人事情，與別人無關），我們已可不費一分一毫地從藝術品中吸取了豐富的精神養分了，不論是社會性的（如上述作品中的馬雲現象）還是藝術性的（如上述作品中的安迪．沃荷聯想）。

魯迅先生曾說：「總之，我們要拿來。我們要或使用，或存放，或毀滅……然而首先要這人沉著，勇猛，有辨別……沒有拿來的，人不能自成為新人，沒有拿來的，文藝不能自成為新文藝。」

但願藝術界有更多朋友抱持這種「藝術拿來主義」，讓普羅大眾可從藝術品中得到最多的啟發。

品味、收藏與投資

為甚麼藝術不應當投資？

講到對藝術品的鑑賞，自古以來都不容易。

作為一個身處當代的藝術顧問，筆者不時都會收到朋友查詢：「如果想買藝術作品，有甚麼意見或推薦？」

情況有點像小股民每次在一些phone in節目或投資講座，都想問一下財經專家哪一隻股票幾時可買或幾時該賣一樣……

如果是一般的回答，筆者通常都會説：「不要當投資，喜歡就買吧！」

這樣回答，朋友大多的反應都是有點不明所以，一頭霧水似的。

對於香港人這種金錢至上、天生的經濟動物來說，如果你叫他們花一百幾十萬買一樣他們不太懂的東西來齋享受而不講投資回報，肯定是傻的！

所以在「一般的回答」之後，如果時間許可，我會再詳細一點講解，為甚麼會這樣說。

先說「喜歡就買吧」這一點。為何只買自己喜歡的那麼重要？

筆者也會收藏一些自己喜歡的藝術品，不為投資。

因為市場上喜歡人云亦云的買家真的太多了，如十多年前見人人搶著買中國當代藝術「四大天王」的作品(周春芽、劉煒、方力鈞和岳敏君)，就不問緣由，也不理作品本身的好壞和稀有性，只要在拍賣場上一見到藝術家的名字就追著買了，以為這就是香港已故著名財經專家曹仁超先生口中的「有智慧不如趁勢」，卻忘記了曹sir最重要的下一句：「如果你不了解自己所投資的項目，只是人買你又買，賺錢是你好運，蝕本卻是應該。」結果就是不明不白地看著後來中國當代藝術市場的泡沫爆破，令不少投機者失望而回，而手上持有的不少作品市價至今仍未「返家鄉」。

相反，當你真正喜歡一件作品以至一位藝術家，你自然會好像發展一段新戀情般，情不自禁地想進一步認識他或她的前世今生。

當你開始深入地研究了解到這位藝術家的個性以及在不同時期的創作風格的時候，你自然會更清楚哪一類作品在專業的藝術評論人眼中或藝術史上更受認可，然後更準確一點地評估哪一類作品在市場上更受歡迎和更具價值。當然市場的無常往往是超乎我們想像的，這大概也是藝術市場的一大特點或最可堪玩味之處。

至於「不要當投資」這一點。當然，沒有人會想自己的收藏品當有一天想變賣時會一文不值，所以培養精準的市場眼光還是必須的。

當中最重要的就是先要「多看」，要願意花時間去不同地區的不同美術館、拍賣場或畫廊，看不同種類不同風格的藝術作品展覽，惟有這樣才可對作品的真偽美醜，以至整個藝術圈生態有全面的了解。例如在購買藝術品的習慣、流程、運輸、稅率等方面，香港市場就跟中國內地或台灣十分不同了。

然後就是「多問」。多點主動跟相關的藝術品類專家請教，無論是中西古代、現代、當代，無論是油畫、水墨、瓷器、玉器，其實都有值得收藏的好東西。作為一個認真的買家，你應該撫心自問的是真正能夠打動你的是哪一個種類的作品，然後一往情深地鑽研下去，惟有這樣才可逐步確立自己的品味取向。

正如台灣著名收藏家曹興誠曾經說過：「收藏是手段，鑑賞才是目的。」一個成功的收藏家，除了購藏的東西兼具藝術和市場價值(有傳曹先生的藏品總值超過港幣50億元，故此有人以「小故宮」來形容他的收藏)，更重要的是你能否從收藏鑑賞的過程中獲得知性上的樂趣和修養上的提升。換句話說，如果你真的喜歡那件作品，就算在他日轉讓時真的有甚麼虧損，至少你在這段日子掛它在牆上每天看著，心裡也舒坦開心一點，這些無形的「收入」或「得益」總不能用單純的金錢回報來衡量。對嗎？

而在這時候，往往都會一些「執迷不悟」的朋友追問下去：「說到那麼複雜，不如你直接講一個藝術家的名字給我跟住買啦。」

我也只好無奈地回應說：「還是請你繼續去買樓炒股票吧。」

國際頂級收藏家的金石良言

國際著名藝術收藏家Tiqui Atencio出版了一本結集多位來自世界各地享負盛名的收藏家訪問精華的專書*Could Have, Would Have, Should Have: Inside the World of the Art Collector*，與讀者分享不同收藏家的心得。

筆者特別從書中內容歸納出五條問題與不同答案，期望讀者可以從一眾大收藏家的金石良言中得到一些啟示。

• 甚麼是收藏家？怎樣才算是一個名副其實的收藏家？

一個真正收藏家：

1. 不只是貯藏或囤積某類東西那麼簡單(這個任何普通人都可以做)。
2. 是一個出於內心一種最原始的衝動、有明顯意識和有目的的高智能文化行為。

3. 背後是無數的意見交流、學術研究、細心鑑賞和謹慎選擇所歸納出來的經驗。

4. 除了收藏，還會在收藏品保養、研究、出版、展覽方面有研究。

5. 除了金錢，更需要知識、勇氣和眼光，缺一不可(當中以眼光為首要，金錢反而最不重要)。

6. 也是一個出色的藝術家。

7. 大多會認同「收藏家」是一個已被過分使用和嚴重貶值的名詞。

8. 會認為如果你購買藝術品的根本原因是為了一買一賣賺錢，或純粹是為了炫耀令自己高興，不會／不願意和別人分享，那麼你就不配稱為收藏家。

9. 是一個非常神聖的身份。

10. 部分更會自重地覺得收藏家應該是為人類文明和福祉的將來而服務的。

• 收藏家有哪些類型？

1. 只收藏一些還沒有很多人發現或收藏的新晉藝術家的作品。背後可能是想考驗自己的眼光；或純粹希望支持藝術家的生計，讓他們得以在一個財政上相對穩定的環境下創作；或純粹是預算問題。

2. 收藏的目的主要是實用性考慮(例如為家中或公司裝飾)。
3. 不受個人品味左右，純以作品在學術上或藝術史上的重要性作為收藏準則。
4. 起初並沒有任何收藏策略／目標可言，以個人偏好為主，例如以一位心儀藝術家的作品作為收藏起點，隨後透過不斷的學習和交流而慢慢發展出自己的收藏系統，例如把同一位藝術家的收藏擴展至各種類似作品，或從某一類藝術作品(通常是油畫)擴展至其他種類的藝術作品(像攝影作品、雕塑、裝置等)。
5. 以藝術家或作品的國籍／地域為界定，專門收藏一個跟自己文化背景相同或完全不同的國家的藝術作品。
6. 純以個人喜好為出發點，從來不受藝術市場因素影響。
7. 對藝術史沒有太多認識，主要根據藝術顧問和經紀的建議進行收藏。
8. 低調，覺得收藏純粹是個人喜好，犯不著和人分享或公開藏品。
9. 覺得自己只是收藏品的暫時管有者，期望透過研究和展覽吸引更多人關注自己的收藏品。
10. 把藝術收購視為一種社交行為，令自己更容易在藝術圈結識更多有趣、有意思、志同道合的朋友。

• 應該怎樣開始一個屬於自己的收藏？

1. 多逛畫廊或博物館展覽，對自己的眼光和品味有多一些了解。
2. 可先由一些你單純地喜歡、覺得容易理解、與自己文化背景或個人經歷有關的藝術家和作品開始著手。
3. 當代藝術可能會比古董相對容易入手，因為當代藝術家還在世，容易解決作品真偽和出處等問題。此外，當代藝術作品也傾向比較能夠反映我們當下身處的社會現況。
4. 必須要收藏一些自己真正喜歡或令你內心感動的作品，而非不由自主地受市場影響或人有我有或人云亦云地盲目追求。
5. 不要以金錢回報作為唯一的考慮(那太沒趣了！)。
6. 再深一層，多逛藝術家工作室，透過訪問和相處，深入了解自己在畫廊／博物館展覽「一見鍾情」的藝術家是否與其作品相符。
7. 當你慢慢尋找到自己的喜好所在的時候，熱情就會演變成上癮。

8. 這個時候，我們需要的是理性思考。
9. 隨著你的收藏品愈來愈多，你應該具備一個策展人的眼光和視野，思考在自己的收藏系統裡正缺乏哪一種類的藝術作品。
10. 最後也是最重要的，找一個可靠的專家幫忙。不少偉大的收藏家的收藏旅程中，都是得到很多專家前輩和伯樂的提攜和建議下成長的。

• 收藏家的建議：

1. 應該常常反問自己：為甚麼我會開始收藏藝術品？這件藝術品還是我想要的嗎？
2. 常言道：「藝術無價」。購買行為本身或為某件偉大藝術品所付出的價錢其實是沒有甚麼意義的，更重要的是你清楚明白自己可以透過收藏藝術品得到甚麼樂趣(人脈？金錢？知識？)。
3. 不要受到市場潮流影響，藝術收藏的人性化一面相比其金錢化一面更有意思。
4. 每個人都應該培養一種個人興趣，而藝術品就像音樂一樣往往可以在你的人生低潮時給你一點支持。

5. 藝術收藏是一個不斷為我們大開眼界的旅程，讓我們結識來自不同地方／界別、志同道合的朋友，令生命從此不一樣，不再孤單。

• 一個理想的收藏家可以在藝術史擔當一個甚麼地位？

一個理想的收藏家應該有獨特的眼光和勇氣，在一個有潛質的藝術家還未受到大眾欣賞其價值的時候，已開始關注和持續支持藝術家的發展。當藝術圈有足夠的收藏家願意去承擔和冒這個險的時候，意義／效果可以是非常重大和深遠的。從一個比較宏觀的角度來看，藝術家的一舉一動絕對可以促進藝術史的多元發展。他們每一個購買或收藏決定，以及其背後所反映的審美和價值觀，也直接或間接地為藝術史建構一個框架，一方面增進大眾對某一類藝術家或作品的知識和了解，繼而改變一整代或數代人對這一類藝術家或作品的看法和觀感。

人無收藏癖
不可與交

過去這些年，一直在工作以內或外的不同平台推廣藝術和介紹一些藝術收藏入門的小知識。

在過程中，主要的挑戰有兩方面：

一、每個人的出身、背景、思維、審美、品味等都不一樣，加上藝術的好與醜從來都是一個如此主觀的個人判斷；作為藝術工作者，我們應該怎樣以最深入淺出和盡量客觀的方式去介紹和呈獻作為「最大公因數」的經典，好為一般觀眾的品味標準打下基礎呢？比方説，打籃球的風格有很多種，但如果你真的想打得好，天才橫溢且自負如Kobe Bryant也不得不向「籃球之神」Michael Jordan的每一個經典手勢動作偷師取經。何解？這正是所謂經典的價值和意義，是每一個認真學習求進的人都不能繞過的精神支柱。正如我們能想像一個西方現代藝術權威專家説他對畢卡索只是一知半解嗎？不可能的，對嗎？

二、在今天的當代藝術世界中，主流仍是以「突破傳統」、「確立新的藝術定義」等驚世駭俗的姿態作為奮進目標。在這個「為創新而創新」的潮流底下，作為藝術工作者，我們應該怎樣重新思考和發掘傳統美學的價值，進而以一個符合當代審美觀的形式，令觀眾都可以感受和明白到這句出自邱吉爾的名言：「Without tradition, art is a flock of sheep without a shepherd」的道理？在此環境下，我們究竟可以怎樣學習欣賞藝術品？進而開始建立一個屬於自己的收藏？

回應第一個挑戰，也是我經常強調的：「多看展覽」。惟有這樣，我們才可對自己的眼光和品味有更多了解。假如你在中環上班，大可以在午飯時間走進H Queen's中的任何一間畫廊，方便非常；而每間畫廊(大部分均是行內公認世界頂級喔！)的展覽方向或風格都不一樣，有中式有西式，有彩色油畫有黑白水墨畫，有繪畫有雕塑有影像，實在是應有盡有，目不暇給，總有一間畫廊、一位藝術家或一幅作品能令你心動的吧！總之無論看的是甚麼類型或哪一個價位的藝術，只要多看就好。

其次，對於藝術新手來說，一般建議可先由一些你個人單純地喜歡、真正令你內心感動、覺得容易理解，或與自己文化

多看展覽，我們才可對自己的眼光和品味有更多了解。

背景或個人經歷有關的藝術家和作品開始著手。千萬不要被新聞中經常看到的「某某藝術家的藝術品又以天價成交！」等報道所誤導，以為藝術收藏都是那班有錢人的離地遊戲。真的，一萬幾千也絕對足以購買一件不錯的藝術品，視乎你是否願意開眼，以及花時間用心做一點功課而已。

常言道：「人無癖不可與交，以其無深情也；人無疵不可與交，以其無真氣也。」每個人都應該培養至少一種興趣的。而藝術收藏更是一個不斷地為我們大開眼界的旅程，讓我們結識來自不同地方的朋友（無論是在世的還是已故的），令生活更加精彩。

至於有關作品在日後或許出現意想不到的升值機會，就是與作品朝夕相對期間所得到的雙眼滋潤、心靈安慰等非金錢回報以外、不可多得的bonus了。

誰需要
藝評人？

讀畢何慶基先生的著作《不離地藝評——何慶基剪報集（一九八〇——一九九〇年代）》，實在感慨良多。

筆者不是藝評人，但作為藝術界一分子，不時都會想：其實甚麼是藝評？觀眾真的需要藝評人嗎？如果答案是肯定的，一個稱職的藝評人應該是怎樣的？擔當一個怎樣的角色？

關於藝評，美國已故黑人藝術家Jean-Michel Basquiat曾經說過：「*I don't listen to what art critics say. I don't know anybody who needs a critic to find out what art is.*」還記得當年在拍賣行工作，開始研究Basquiat生平的時候無意中讀到這句話，真的有點如雷灌頂。

「如果藝評是個批判、反思的過程，那麼藝評首先批評的是藝評人本身。藝評人容易自視為神明，為人間分優劣黑白，因此必須擺脫自我飄飄然而謙卑下來，行文時必須不斷反思，明白到所謂『優劣』深受個人背景和社會客觀情況所左右。」何慶基先生在《不離地藝評》中對於藝評人的角色有如此見解。

作為一個在外國留學飽讀藝書回港工作的藝術專業人才，難得的是何慶基先生在八十年代開始寫藝評專欄時便已有這種「不離地」的反省和自覺。

何慶基先生的《不離地藝評——何慶基剪報集（一九八〇—一九九〇年代）》

近年，不少藝評人都在抱怨或慨嘆，為何在香港寫藝評是一件如此不受重視的專業？為何讀了那麼多書，看了那麼多展覽，在文章中引經據典，但最終得回來的稿費竟是如此的低賤，連最低工資也比不上？

這些問題，何慶基先生在書中的幾篇短文都有精闢的分析。如在〈藝評漫漫路〉中，他就一針見血地道出了有關藝評的一大「絕望真相」:「藝評往往流於文化研究式的鋪陳理論，藝術品是用來引證文化研究權威理論的借口，艱深詞彙、糾纏不清的理念，一開始便把讀者推開。與其投訴人家對藝評態度冷漠，藝評人倒應自我反省，究竟有多少誠意與人家溝通。」

回想Basquiat的那金句，我們也不妨去查看一下全球最優秀的藝術收藏家，當中有多少人會說他們的眼光和品味是從藝評人而得來的？

以筆者的經驗，敢說是零。

何解呢？

不是說藝術界沒有具備識見的藝評人，但當想到藝評人那種「高高在上、自以為是的狂妄」的態度，以及酸溜溜文人說教式口吻去批判這批判那的作風，我相信收藏家都會更願意去向畫商、藝術專家或藝術家請教和交流吧。

以上這些都是何慶基先生寫於上世紀八十至九十年代對於藝評的反思。可惜的是，到了三十多年後的今天，隨著本地藝術市場的急速發展，我們不見得有多少藝評人能夠趕得上大時代的步伐，

發揮應有的「以自身的藝術專業知識與大眾溝通文化藝術」的積極作用。

藝術家Jean-Michel Basquiat對藝評有自己的想法。

在後疫症的新常態下，天下間所有的藝術工作者都無一例外地面對著史無前例的生存掙扎。

所謂「適者生存」，藝評人能否放下無謂的自尊心和身段，拿出多一點誠意，專注寫好清楚明白易懂的藝評文章，讓何慶基先生這些上一代本地藝評人的優良傳統得以延續？Sad but true的可能是，其實沒有多少香港人會真正在意，但如果藝評人還想別人把藝評當作是一門專業或一回事，自己也應當加把勁去爭氣的。常言道：「Respect is earned, not given.」

「小而精」的藝術收藏，也讓人神往

百業蕭條，不少圈外朋友都會問我最近幾年的藝術市場怎麼樣。

當然，每間畫廊和拍賣行都在面對不同的困難，但要在「一潭死水」中找出一點兒希望，也不是沒有的。

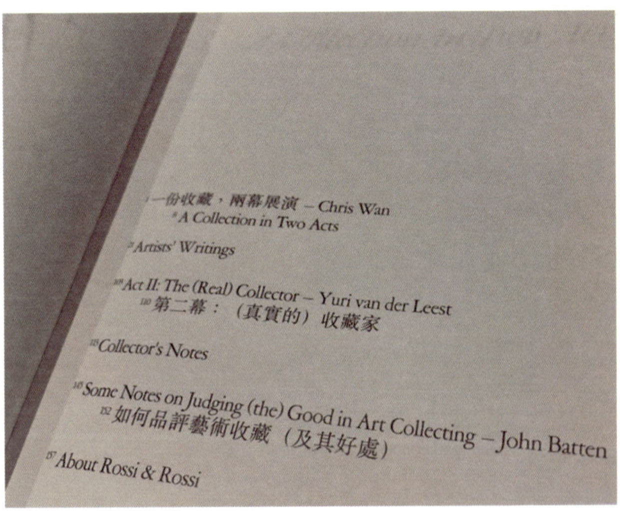

Yuri個人收藏展「Yuri in Two Acts」的展覽圖鑑。

例如，早幾年由於封關關係，業界大部分國際藝術經濟活動處於停頓狀態，令到不少在以往一年四季無休止地出入國際大大小小展覽的本地收藏家不得不滯留在香港，無意中令到更多人關注到本地藝術的發展，此風氣延續至今。

先不論早已名成利就、揚威國際的兩位八十後當代藝術家黃進曦和麥影彤二，一些初出道的年輕藝術家也因為這一波「香港藝術新浪潮」而受惠。例如，幾位近年非常受到收藏家喜愛的藝術家，包括：2021年在「Unscheduled」展覽中一舉成名的張子軒，2022年在Art Central中技驚四座的黃詩慧，2022年在中環Haus of Contemporary展覽的港日混血藝術家西山瑞貴(Mizuki Nishiyama)等，都已經在各自的個展中發光發亮，成為藝壇新力軍。

說到收藏家，Rossi & Rossi畫廊就曾經為駐港收藏家Yuri舉辦了一場個人收藏展「Yuri in Two Acts」，展示其近十年在香港的藝術收藏。

從畫廊總監Charles手中接過展覽圖錄，看到書中不少由展覽主角Yuri、策展人萬豐(Chris)，以及一眾展出藝術家撰寫的文章，從不同角度分享他們對於這次在本地畫廊界不常見的單一藏家收藏展的看法。

策展人Chris寫道：「製造展覽就是製造檔案，製造檔案就是製造歷史，製造歷史就是製造權力。」

「策展當然是一種權力，關於如何選擇、如何組合、如何陳述、如何想像。」

「我們希望這些文字的展出和出版是藝術檔案化過程中被交還給藝術家的權力的一種象徵，是藝術家在藝術被歷史化的進程中發出的個體的聲音。」

作為一個業餘藝術收藏發燒友，我也從這次展覽中反思了很多有關收藏者與藝術家的關係。

一般而言，當一場展覽完成後，藝術家的作品如果成功賣出的話，就會馬上被送到不同的收藏者手中。幸運的話，有些作品會持續在公眾地方曝光(例如，Arca酒店在Instagram公開一系列精美的本地藝術家私人收藏便是好例子)，但這完全視乎收藏者是誰，也要看有關人士或機構是否願意在網上或實體場所開心分享其「戰利品」；相反，更多的情況是當作品一經賣出後，收藏者隨即完完全全地私有化了它們——作為家裡或辦公室裝飾也好，當作投資放在貨倉儲存也好——總之公眾要再見有關作品恐怕難於登天了。

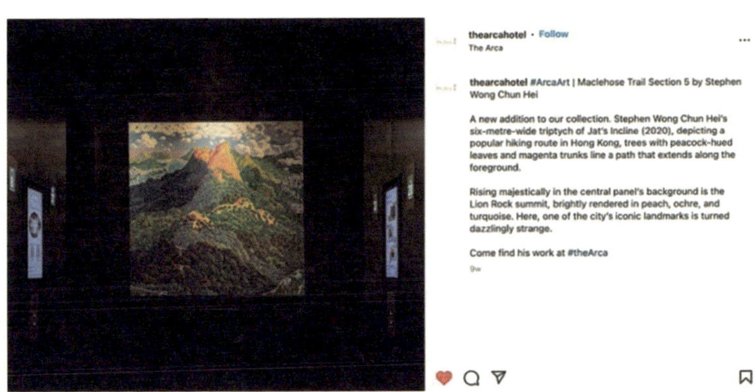

Arca酒店在官方Instagram上大方分享一系列由本地藝術家創作的私人收藏品。

誠如其中一位展出藝術家周俊輝所講：「有些作品需要被記錄存檔。尤其是一些紀錄就是它的功能，也是它的使命。尤其在壓抑的年代，將作品存檔能使其穿越時間，盼望將來再被討論。」

真想感謝Rossi & Rossi畫廊的遠見和無私，曾經舉辦過一場如此美好的展覽，讓觀眾可以在一個完全非商業、純展示的環境下，一睹Yuri的十年珍藏，並藉此機會以一個恰到好處的方式，回顧一下香港在過去幾年一些重要但又容易為人所忘記的紀錄。

經常聽到朋友說：香港藝術界來來去去都是那班人，真的太悶了！本人完全同意，也深感我城實在需要更多像Yuri這樣的收藏家站出來親身示範，告訴我們藝術收藏不一定要「高大上」(高端、大氣、上檔次)的，像他的「小而精」收藏原來也可以玩得如此令人著迷，令人神往。

傳統與創新——
蕭勤的中西藝術批判思維

説到收藏家，很多人會即刻聯想到專門搜羅「高大上」物品的收藏家，例如，甚麼億萬名畫，甚麼名車、名錶、珠寶首飾等等；但對我而言，收藏品本身的狀態、質素、稀有度等固然重要，但收藏過程中的際遇和趣味有時才是最好玩及過癮之所在。

某年某日，當筆者正忙於為公司旗下代理藝術家蕭勤老師在香港舉行的個人展覽進行籌備工作之際，突然在Facebook上無意中看到書友林先生的帖文，説他剛從另一位書友手中收到一本由香港中華文化促進中心在1985年出版的《蕭勤個展：氣的系列》絕版目錄。如此神奇的巧合和緣分，作為一個已經「病入膏肓」的書籍愛好者，又豈能錯過？二話不説便放下手上工作，跑到他位於上環的二手書店，即時現金交收，火速禮成！那天，我再一次感受到：藏書人的最大快樂，莫過於此。

蕭勤在國際藝術界的地位，在近年經過畫廊、美術館，以至拍賣行的積極研究、展覽和推廣下，實在是毋庸置疑。他除了是一名傑出的藝術家，在藝術哲學思維和寫作方面的修為也是在華人藝術圈中難得一見的。

回家後，細心品味這本藝術戰利品，才發覺原來「好戲在後頭」。

首先說書的內容。且看看他在書中的一段話：「我們知道，東方文化有整體的、綜合的、內省的、靜觀的、象徵的及精神的特質，而西方文化則是個體的、分析的、進取的、理性的、物質的。東方人較注重縱的深刻的研究，而西方人則喜歡橫的廣泛的開拓與創造。東方藝術，由於它受哲學思想的薰陶，使藝術創作的意境能極端地昇華；西方藝術，除了對一切自然事物能作極理性及細微的分析、觀察及描寫外，更能活潑潑地發展藝術家創作的個性。這是好的一面。反過來，壞的一面是，東方的藝術易陷於因循保守、

有幸為蕭勤老師的展覽「蕭勤：無限宇宙」擔任策劃工作。

墨守成規；西方的藝術除了易陷於形式以外，更會矯枉過正地強調獨創而變成實驗性的遊戲。」

可見在歐美兩地長期生活，不斷地學習和實踐多年後，蕭勤在1980年代已逐漸建立一套有關東方與西方藝術比較的獨到見解。這在當年的亞洲藝術界可說是十分超前的。

另一段有關中國藝術學習理論的分析，同樣發人省思：「學院的訓練就是設一個既定的模式，要大家對著這個模式用眼睛和手去做。創作的訓練，一開始便要訓練眼睛、腦、心、手四方面，也就是說，一個畫家應該不但用眼睛去觀察，還要用腦去想，用心去感受，才用手表達出來，和學院的訓練——依老師之言，不經過腦和心，依樣畫葫蘆——是有很重要層次的分別的。這點我特別要強調。我想許多中國畫家的失敗，原因就是缺少了腦和心。」

這個對於著重臨摹多於創新的中國藝術傳統，絕對是一針見血的評論；在40年後的今天重看，還是如此擲地有聲，值得所有藝術家朋友引以為戒。

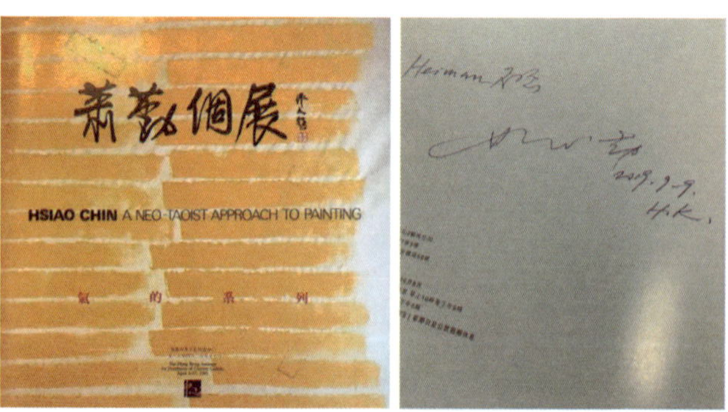

《蕭勤個展：氣的系列》絕版目錄。

成為策展人

如何成為
藝術從業員？

自從筆者自立門戶後，經常都會收到一些有興趣入行的朋友的查詢——有的是對本來的高薪厚職感到苦悶，希望可以在看似「幾好玩」的藝術圈尋找新的工作意義；有的是文化研究或藝術史學位畢業，希望可以獲得入行的資格；有的甚至是完全對藝術零興趣、少接觸，但都夠膽說想來應徵⋯⋯真是甚麼人都有，大開眼界。

要說有甚麼「入行錦囊」，其實都是老生常談。首先，你要先知道自己是哪一類人：是偏向學術研究／批判類型，還是商業買賣？是適合在公共藝術機構工作，還是私人大中小企業？

如果是前者，公共博物館或私人美術館、各大院校藝術系、賽馬會、大館等機構都是不錯的選擇。

藝術機構也有很多不同類型，有志在藝術業發展的人首先要搞清楚自己的個性和志向。

如果是後者，一般畫廊、拍賣行、藝博會，或一些專為以上藝術機構提供各類型仲介服務的藝術顧問公司也不妨考慮。

當你按照自己的個性和志向決定好未來的出路後，下一步就是確保自己具備相關專業資格。這時候，很多人就會問：是不是一定要有藝術史相關學歷？根據筆者在過去這些年的面試和聘請經驗，學術條件絕對是something good to have，但並非必要條件。事實上，在香港藝術圈，不少出色的藝術從業員本身都不是甚麼名牌大學藝術系畢業的，而筆者自身的歷史系與經濟系學歷背景也不見得會阻礙我在藝術界的仕途發展，更多的是視乎你有沒有憑著後天努力，彌補自己的不足。

更何況，除了藝術專家，每間藝術機構其實也需要一些非藝術專業的同事負責日常營運、行政管理、活動統籌、貴賓聯絡、顧客服務、藝術買賣數據分析、廣告公關等角色，所以有意加入藝術圈的朋友其實真的不用執著於那張隨時令人愈讀愈糊塗、害人不淺的藝術沙紙。先把自己的相關專業做到最好，然後再惡補一下一些基本藝術知識，也是完全沒問題的。

最後，就算你有再好、再合適的文化知識背景，如果對整個藝術生態沒有基本認識或沒有做好功課，也是徒然的。針對這點，Sarah Thornton的*Seven Days in the Art World*和Magnus Renfrew的*Uncharted Territory: Culture and Commerce in Hong Kong's Art World*這兩本書都是筆者經常推介給有意入行的朋友看的。前者可以為我們在認識國際藝術世界各個重要持分者的角色和功能方面打好基礎，後者則是一本瞭解香港如何在過去短短十年間成為亞洲藝術中心的入門書，都是十分容易看、容易懂的藝術參考書。當我們真正做到知己知彼，才有機會在競爭日漸激烈的國際藝壇中站穩陣腳，繼而走出自己的路。

衷心期待看見更多香港年輕藝術專才的加入，令行內百花齊放！

不是生於有錢家庭，可否入行做藝術？

在大學擔任講師的學期，我通常都會為學生安排一趟「藝廊深度遊」。

記得某一次逛完畫廊後，我問他們有甚麼特別感想，其中一位同學問：「老師，我不是來自有錢家庭，不知可否入行做藝術？」

當時，我這樣回答：「當然可以！拿我本人做例子吧！我在公屋長大，不是甚麼名校出身，更不是牛津、劍橋、哈佛、耶魯畢業，在大學也完全沒有讀過藝術，但我今天不是好好的當上了藝術導師嗎？」

事後，我不時都會回想起這位同學的提問，不禁慨嘆，為何藝術會給年輕一代這種「高不可攀」的感覺？

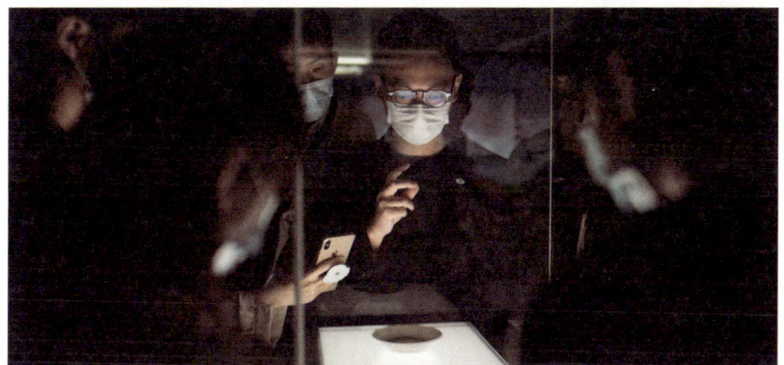

筆者在每個學期都會安排本科生參觀美術館。

是因為某些藝術品的高昂價格，令他們覺得藝術已經變得好像本港千萬豪宅般拒人於千里之外？還是因為某些畫廊員工的一身貴氣裝扮，以及有時不太友善的迎賓態度，令他們有種「自慚形穢」的感覺？

想進一步了解這種藝術界「堅離地」現象的朋友，或許可以看看藝術圈中某些KOL的社交媒體作為參考。他們的帖文有甚麼特徵？

1. 平日生活離不開山頂獨立屋醉人美景、米芝蓮星級餐廳美食、法國頂級紅酒、古巴珍罕雪茄、歐洲限量版名牌手袋、高級私人會所派對、私人遊艇出海、滑浪打golf等，可說是極盡奢華之能事，「人生勝利組」之典範無疑……

2. 有關藝術的內容，不是國際級藝術家的天價作品，就是與某某名人收藏家的合照和互送高帽式的你tag我、我tag你，無限輪迴，樂此不疲……

結果，外界對於藝術界的印象就是一個給社會上流人士社交的場合，或藝術只是那些有錢人的玩意，與我們這些平民百姓沒甚麼關係。

平心而論，有錢並不是罪，我們也犯不著以有色眼鏡去看待有錢人的生活習慣和收藏品味——例如藝術贊助人對於藝術發展的重要性就毋庸置疑；我著緊的反而是，如果我們希望香港的藝術生態有更健全和更持續的發展，作為藝術教育工作者，是否應該更主動和積極去引導學生以一個開放的態度，嘗試理解這個必然牽涉金錢操作的藝術世界——而非一味消極地迴避，甚至盲目批判和抗拒藝術界的商業運作？

舉例，2021在黃竹坑de Sarthe Gallery的「雙飛花狠」展覽就是一個絕佳的機會，讓初接觸藝術的朋友親身體會到當代藝術界背後各種人為操作和不公平競爭的情況。

在展覽中，藝術團體「雙飛藝術中心」特別為觀眾設定了一個裝置作品《雙飛切片》，讓訪客可以用低至港幣一元的價錢租用剪刀，然後從畫布中剪出自己想要的部分，名正言順成為一個新晉收藏家。

「在貧富差距中體驗愛」，是雙飛藝術中心的創作口號，但這個展覽啟發到我的是，這絕非只是一個口號，而應該是每一位藝術教育工作者的共同願景吧。

展覽的互動性十足，觀眾可以租用剪刀，剪下自己想要的畫布帶走。

尋找新出路的
藝術界「超級Sales」

在社交媒體，經常看見不同朋友都在「帶貨」賣東西。

無論你是一間國際大公司的高層，還是在經營自己的小本生意的自僱人士，大家都在這個數碼年代不約而同地做著同一件事，就是化身為一個孤獨中又帶點自high(或自卑？)的網絡銷售員，每天機不離手，不停post完再post，求的不過是希望吸引多一些like和follower，最終成功向你的朋友或訂閱者賣出你的服務或產品。

由於早幾年疫情的影響，人與人之間的見面接觸少了。為了令生意維持下去，大家紛紛轉投網絡推銷的懷抱，也是可以理解的。

但當每一個人都不得不跟著社交媒體演算法去玩這個網絡推銷的遊戲時，我們有甚麼需要注意的？

2020年，前佳士得亞洲區主席魏蔚(Rebecca Wei)轉投國際知名畫廊Lévy Gorvy，成為其亞洲區partner。巧合的是，Lévy Gorvy的兩位創辦人Dominique Lévy和Brett Gorvy都曾在佳士得工作過。

在《南華早報》的專訪中，她談到自己離開佳士得的原因：「After I was promoted to chairman six years after I joined Christie's, I just became a super-salesperson. I wasn't creating anything new anymore.」這是一個值得深思的問題。

我們都明白，作為一間拍賣行的最高負責人，你當然要為公司的業績負責，也必須與最頂尖的VIP收藏家保持良好的關係，才能在競爭激烈的藝術圈中生存。但當一個人淪為一個「超級銷售員」時，她還能夠在工作中得到應有的滿足感嗎？而當一個人變成了一個沒有自由意志的銷售機器時，她還能夠投入足夠的心機和時間，去為客人、公司，以至整個行業去創造新的價值嗎？

「藝術家的任務是探索性靈，他必須超越自然，才能把握性靈，表現個性。」

這是余光中先生在民國五十年（1961年）寫的一篇文章〈現代繪畫的欣賞〉中的一句話。說得真好。

常常覺得，藝術最有趣的地方，就是它除了有非常商業的一面，還有探索性靈的另一面；而我認為後者也是藝術最獨一無二，以及跟其他銷售行業（如金融、保險、地產）最為不同之處。

但在講求業績多於其他一切的拍賣世界，「與藝術家一起探索性靈」恐怕是最不為人所重視的吧。在拍賣行的立場，哪一位藝術家在當下的市場能賣，拍賣行就會盡力去拿他們的作品回來賣，就是那麼簡單。因此，我們會在每一季的香港拍賣會看到差不多的趙無極、差不多的朱德群、差不多的草間彌生、差不多的奈良美智、差不多的KAWS等等……這就引申了另一個結構性問題：如果拍賣行的工作是如此重複又重複，那麼它應該怎樣做到為員工提供銷售以外的工作滿足感和挑戰性，以免流失精英人才？

美術館觀眾指南

"The moment we stand eye to eye with an artwork, we expect something to happen."

—— Johan Idema

作為一個美術館觀眾，我們應該怎樣做，才可令自己從中看到和得到最多？

每個人去美術館的目的可以十分不同，我們可以粗略地分為三類觀眾：一、「到此一遊」型，例如有些人去法國羅浮宮一心只是為了拍下《蒙羅麗莎》的照片，然後上載Instagram或Facebook，搞掂鬆人；二、「狂熱粉絲」型，有些人會純粹因為一個藝術家的最新展覽而專程跑到國外；三、「美的追求」型，去美術館不是有甚麼特別目的，只是想滿足自己的好奇心，培養自己的審美觀而已。

而作為美術館策展人，共同願望當然是：一、提高「第一類觀眾」對藝術的興趣和敏感度，讓他們可以盡早找到真正屬於自己的心頭好，而非人云亦云的「masterpiece」；二、讓那些早已對某個藝術家或某類藝術品有基本認識的「第二類觀眾」可以更深入了解該位藝術家或該類藝術品，進一步提升和延伸觀眾的藝術體驗；三、假設美術館是一間餐廳，「第三類觀眾」就像一個經驗豐富的食客，前來的唯一目的就是為了試菜。他們都是期待被展出的藝術surprise、inspire，甚至被shock的一群……

對於喜歡看展覽的朋友，由Johan Idema撰寫的*How to Visit an Art Museum*或許是一本不錯的美術館指南。作者在書中列出了32個遊覽世界各地美術館的錦囊貼士，希望讀者在參觀美術館的時候可以有一個更充實、更省時，卻又難忘而有意義的藝術體驗。

若去法國羅浮宮的目的只是為了跟《蒙羅麗莎》打卡，未免太浪費了。

在眾多貼士中，也有一些例子是頗為有趣的，例如，作者非常鼓勵讀者嘗試在美術館與在場保安員傾談。Johan指出，由於保安員天天都在展廳當值，大概沒有人比他更了解哪一件作品最受觀眾歡迎和最值得駐足細看吧。然後，在與保安員傾談的過程中，我們或許會有意想不到的交流和得著呢（如果他不叫你「保持肅靜」的話）。

他也分享了一些方法，讓讀者學懂分辨和拆解那些在美術館經常看到的故作艱深／故弄玄虛／象牙塔式的展覽介紹（e.g. The artist confronts us with our preconceived hierarchy of cultural values and assumptions of artistic worth.)。類似這些artspeak句子，明明個個字都懂，但總是被策展人寫到似懂非懂，是甚麼原因？作者認為，原因主要有二：一、美術館策展人根本忽視語文的重要性，或本身就有語言障礙；二、他們總是覺得自己「高人一等」，以為不用艱澀難懂(造作)的語言就不足以顯示自己的識見。

但願各位看完這本書後，都學懂從此向這些美術館策展人的語言偽術「說不」，兼夾一聲：「我呸！」

M+希克藏品，能解
西九文化區的困局嗎？

每年三月，都是香港全城矚目的「藝術三月」（Art March HK）。

就在2025年2月，媒體報道了有關西九文化區管理局的重要訊息。

先講好消息：西九文化區管理局行政總裁馮程淑儀表示，M+博物館在2025年3月會舉辦「畢加索——與亞洲對話」展覽，展出畢加索六十多件作品。這是巴黎國立畢加索藝術館收藏傑作首次與亞洲博物館藏品同場對話，也是在香港舉辦過最大型的畢加索展覽。

此外，香港故宮文化博物館亦會於11月底舉辦「圖坦卡門與薩卡拉的秘密」特展，展出近250件來自七間重要埃及博物館的珍貴藏品，以及開羅附近薩卡拉大型墓地的最新重要考古發現，展現埃及法老圖坦卡門傳奇的一生，展覽亦是香港近數十年來規模最大、最全面的古埃及珍寶展覽。

接著，就是一連串的壞消息：西九文化區管理局預計，文化區本年度經常性營運赤字達港幣10億元，與上年度大致相若；而在2024年，西九文化區的訪客人次較預期減少（M+博物館和香港故宮文化博物館分別錄得約260萬和100萬訪客），門票收入及博物館商品銷售等收入均下跌兩成，餐飲商戶收入表現也遜於預期。由於政府當年的一次性注資（港幣216億元）年底即將耗盡，管理局擬向銀行借貸三年，金額達港幣50億元。

在「盛事經濟」漸已成為香港發展硬道理的今天，彷彿把所有事情做得更快、更多、更大，已成為了有關決策者的明顯共識。

後來跟圈中朋友見面，難免會談到究竟怎樣可以挽救西九文化區管理局的財政困局。

但在經濟持續低迷和政府千億財赤的大環境下，繼續這種「高大上」的發展方向是否真的合適？《南華早報》資深藝文記者Enid Tsui在2025年出版的藝術著作*Art in Hong Kong: Portrait of a City in Flux*，其中有一段引述在港法國畫廊主人及收藏家Arthur de Villepin的話，實在發人深省：

「Arthur de Villepin, who opened his family-owned gallery in Hong Kong's central business district right in the middle of the 2019 protests, thinks that the city needs a deeper rethink about what it needs, rather than just carrying on building more of the same. Villepin says he is committed to staying: If Hong Kong keeps having more, more, more, it will lose meaning. We need a real vision that isn't just to sell more, or build more art storage facilities. We need to make Hong Kong a place that people want to visit. Then the collectors will follow.」

不得不說，還是旁觀者清。

是的，這個城市實在需要更深入地思考它真正需要甚麼，而不僅僅是繼續建設更多相同的東西。

是的，如果香港不斷追求更多、更多、更多，那麼它將失去意義。

是的，我們需要一個真正的願景，而不僅僅是為了賣得更多，或建設更多的藝術儲存設施。

是的，我們需要讓香港成為人們想要來的地方。然後，收藏家自然會跟隨而來。

關鍵在於，究竟怎樣讓香港成為人們想要來的地方？事實上，西九文化區現在已有無數即時可用、啟動成本也不高的「王牌」。其中一個例子，就是M+希克藏品。

可惜在香港新政治形勢下，加上前M+希克資深策展人皮力博士的離職等原因，我們在西九文化區的對外宣傳已不太看到希克藏品(或已不再是M+開幕時的高度重視)。就算有，官方的論述也完全說不出這個「全球最豐富的中國當代藝術藏品」在香港的獨特性和重要性。像Enid在書中所說：

「When existing ways of understanding the world have led us to a point where humankind seem collectively embroiled in dangerous confrontations, M+'s founding mission to project new perspectives from a city in between great powers now seems all the more urgent.」

M+的希克藏品是全球最豐富的中國當代藝術藏品系列。

世界愈混亂，人們愈需要一個新的平台和角度去了解近代中國。

而幾可以肯定，世上沒有比香港M+希克藏品更適合去建立和促進有關當代中國的國際對話。

「Can it convince the people of Hong Kong and the international community that it has an independent and global vision? Can it adhere to its unique, cosmopolitan founding principle in an increasingly nationalistic world?」

西九文化區的前景，很大程度上建基於M+的成功。期望在未來，我們會看到M+更多令人期待的發展方向。

何苦要逼畢加索跟你對話？一場令人困惑的亞洲對談

看完M+與巴黎國立畢加索藝術館共同主辦的「香港賽馬會呈獻系列：畢加索——與亞洲對話」展覽，實在感慨良多。

一如以往，看到坊間一片公關式的讚好。

作為一個負責任的藝術教育工作者，我沒興趣去唱好「國王的新衣」，反而想提出有關展覽在策劃上的一些潛在問題，給大家參詳一下。

首先，展覽的原意表面上是「與亞洲對話」，但事實上M+更似是因為由巴黎國立畢加索藝術館借來的畢加索作品本身（六十多件）並不足以構成一個獨立完整的展覽，故此不得不勉強拿出自己的館藏與之「展開對話」;「對話」本身並不是問題——這是在我們時下參觀當代藝術展覽時經常看到的。問題是，作品數量上的嚴重不對等(60 對比130)，令買票入場的觀眾難免愈看愈困惑(所謂「妹仔大過主人婆」，究竟我是來看畢加索還是其他藝術家？)，甚至生出反感(「掛羊頭賣狗肉？」);而在作品的展示上，這次展覽的做法同樣值得商榷。

在「畢加索——與亞洲對話」中，M+策展團隊「別有用心地」把自家館藏的作品穿插在整個展覽之中，讓那怕是畢加索專家也會愈看愈迷惘，不禁心想：到底是想跟觀眾玩競猜「誰是畢加索」遊戲？還是有意無意地模糊自家館藏與畢加索作品之間的印象，令人誤以為某某亞洲藝術家的作品就是畢加索創作的，藉此機會提高自家館藏的曝光率以及藝術價值？說實話，驟眼看一些作品的「中伏率」也挺高的，例如森村泰昌的《畢加索扮相的自拍照》。

森村泰昌的《安魂曲：創造的劇場 / 巴勃羅·畢卡索扮相的自拍照》。

不少觀眾反映難以分辨畢加索與其他藝術家的作品。

那麼，在作品展示上有沒有更好的處理方法？

且看香港藝術館的展覽「香港賽馬會呈獻系列：塞尚和雷諾阿的世界——法國橘園美術館及奧賽博物館珍藏展」，就是一個好例子。在塞尚和雷諾阿的主要展覽廳外，香港藝術館的策展團隊特別安排了兩個獨立空間，展示兩個「香港藝術家對話系列」(分別是賴筠婷的《日常細語》以及楊沛鏗的《遊園：泳者與觀者》)，從而向兩位歐洲藝術大師致敬。作品分區展示的形式，可使到觀眾清楚明白在展覽中誰是「主」，誰是「客」，而非現在M+這樣「主客難分」的情況。這是作為公共機構對借展一方的基本禮儀，也是對主打藝術家(塞尚、雷諾阿)的應有尊重。

將兩批完全不同的作品放在一起，影響最大的其實是一般不太會細看展覽牆上作品簡介的觀眾。由於作品展示上的錯亂和模糊，觀眾無從透過展覽進一步認知和了解「真實的」畢加索(我在現場看見一位媽媽指著牆上那日本已故著名藝術家田名網敬一向畢加索致敬的系列，跟她的小孩說「畢加索的作品多可愛！」)。如果不信，你們不妨看看在社交平台上所有與是次展覽相關的帖文和hashtag，然後你就會看到有多少觀眾把別人的作品誤以為是畢加索的？所以說，這是一個完全不合理、也不誠實的策展方式。

田名網敬一的《畢加索的悦樂》系列。

嗟乎……明明是一手好牌(畢加索！)，都會搞得如此一塌糊塗。在如今這個文化人才凋零的香港，真可謂見怪不怪。

說實話，在西九財赤日益嚴重的大環境下，我們是否有必要檢視日後M+在策展人力物力資源分配上的安排及成本？免得將來既賠了已所剩無幾的金錢，同時賠上了香港作為中西文化交流中心的國際聲譽。

策展人
應該做的事

「策展人」，一個在藝術界時常會出現的人物。

但問深一層，究竟策展人是做甚麼的？我相信連業界中人也不一定可以說出個所以然。

在這個AI彷彿無所不能的未來世界，若果天真的你仍然立志成為一個策展人，究竟需要甚麼資格或條件？

綜合我的多年的觀察和實戰經驗，我認為最基本的就是有能力把各種各樣的藝術作品有系統地掛在牆上。

所謂「有系統」，就是策展人有沒有充分理解藝術家的背景及展覽作品的內涵，然後以一個條理分明和引人入勝的手法，講好一個相對完整的藝術故事。

以M+的「畢加索——與亞洲對話」為例，在展覽期間，相信大家都可在不同的社交平台上看到一眾觀眾對於展覽的負評和建議。值得一讚的是，M+的專業公關團隊也算反應敏捷，馬上啟動「危機管理」模式，為M+藝術總監及總策展人鄭道鍊安排多個媒體訪問，試圖回應種種批評。

讓我們回顧一下5月10日《經濟日報》訪問中的兩段內容：

「談到畢加索與亞洲的連繫，鄭道鍊承認這不是容易回答的問題，但他仍確信亞洲藝術對畢加索確實產生了影響，因日本與中國藝術早已傳入歐洲。『如果沒這些影響，現代西方藝術就不會是現在這個樣子。馬奈、梵高、塞尚這些藝術家都在觀看日本藝術，畢加索當然也在觀看他們的作品。因此要明確區分這是歐洲抑或亞洲藝術傳統，是不可能的。』」

訪問又提到：「回想是展覽開幕以來，最叫他欣慰的評價，是現場所有亞洲藝術家的作品看起來並不比畢加索遜色。他指出，若觀眾難以明確區分兩者，意味雙方平分秋色，沒有高低之分……『若把兩者分隔於兩個房間，把畢加索獨立起來，讓其他人充當背景伴舞，我認為是更大的不公平，不僅對亞洲藝術家，對畢加索也是。』鄭道鍊認知中的畢加索非常好勝，甚至會與已過世的藝術家較量，也愛好鬥牛這嗜血運動，不會甘於被安置在展示台上。」

首先，問題根本不在於策展人是否「確信」亞洲藝術對畢加索產生了影響——那怕事實是沒有任何重要影響（這也應是更貼近史實的說法），我深信只要策展人有足夠的眼光和功力，絕對可以做到一個更有趣味和合情合理的「畢加索X亞洲對話」展覽。

例如，早已有不少有識之士說過，若果以「畢加索與張大千」在1956年的世紀會面作為展覽的敍事起點，就肯定比現在「畢加索與齊白石」的標奇立異和生拉硬扯更為合理……可惜的是，現在M+的策展方式只是強行地把自家館藏的亞洲藝術拿來與畢加索胡亂對話（同場的特別展覽「郭培：藝想天開」也有同一問題，慘不忍睹），來掩飾館方根本沒有足夠的畢加索原作去開展的事實。

在訪問中，策展人又說，看到觀眾誤把畢加索的作品當作是亞洲藝術家的作品，竟是令他「最欣慰」的評價？然後，像其他博物館慣常地把主打藝術家與對話藝術家分隔展示的國際策展慣例，他卻說成這是把後者當作為「背景伴舞」，對雙方「不公平」？

真是欲說還休。只想起John Keats的一首詩*Ode to a Nightingale*：

My heart aches, and a drowsy numbness pains
My sense, as though of hemlock I had drunk,
Or emptied some dull opiate to the drains
One minute past, and Lethe-wards had sunk...

感謝藝術，
我很快樂

在當代藝術界工作十多年了。

至今還會不時問自己：「我究竟所為何事？為誰而做？做得快樂嗎？」

認真回想，在不同階段，的確會為不同事情感到興奮，也會為達成不同的目標而感到快樂。

初入行時，入世未深，對於藝術界的理解還是非常片面；而我有限的藝術知識和曝光機會也很大程度局限了自己對於不同藝術品的理解和領會，因此所謂的工作滿足感，可能只是為客人完成了一場叫好又叫座的展覽，僅此而已。

但隨著時間的推移和經驗的累積，自己也不期然會受到身邊一些擁有高超策劃和創意能力的人影響，進而追求更多更深層次的東西，令自己對世事或對自身的修為有新的理解。

在2022年，有幸仍能以畢業生身份參與「香港中文大學專業進修學院第二屆中國書法創作與理論研究——高等文憑課程畢業作品展」。在這個名為「墨路同行」的畢業展覽過程中，感受最深的是，原來做好一場展覽，真的不一定要阿諛奉承那些收藏家VIP，真的不一定要搞那些KOL打卡位，真的不一定要人云亦云去做那些NFT元宇宙。

用心做好作品和策展，才是王道。

在準備展覽作品的時候，我一直思考的問題是，中國書法傳統大多是寫古代詩詞歌賦或碑帖對聯，但這些內容究竟有多少是跟當代觀眾的生活或精神心理狀況有所關連？

書法寫得好或不好，當然是一回事；但再好的書法，如果連結不到現代人的心理需要，那麼它的存在價值是甚麼呢？

當然，一定會有人反問：「為藝術而藝術，點解唔可以？」

我想，不是不可以，我也十分尊重那些人的崇高理想，但這不是我的首要考慮。

我要做到的，是把我在藝術界工作多年浸淫出來的當代意識和觀念，注入我的書法作品中，期望給予觀眾一些前所未見的新鮮感。

《張遷碑》，由學書法的初期開始，我一直不停臨摹，至今仍是我最喜歡的碑刻作品。

每一次寫，都會有不同的體會和感受。

那次畢業展，我特別從《張遷碑》中選了十個看似不太吉利的字以墨水混合金油來寫，既是身處亂世的反思，也想挑戰一下凡事講求「正正經經」、「規規矩矩」、「和諧美好」的書法傳統……

感謝香港中文大學專業進修學院兩位書法班導師：鄧昌成老師、容浩然老師。

結果，我的作品竟然吸引到一位資深藝術行政人員的注意，隨後她更收藏了兩件作品。

就這樣，我以「創作者」的身份，賣出了人生的第一件作品。

「人之相識，貴在相知，人之相知，貴在知心。」──不能同意更多。

感謝藝術，我很快樂。

我的個人珍藏

LE Trieu Dien《Trace by》

Rubén FUENTES
《自我在手 From My Hands》

Sujin Lee《Table Matters (Match)》

于彭《福》

何百里《不如一靜》

余光中《白玉苦瓜》

張施烈《Light I》

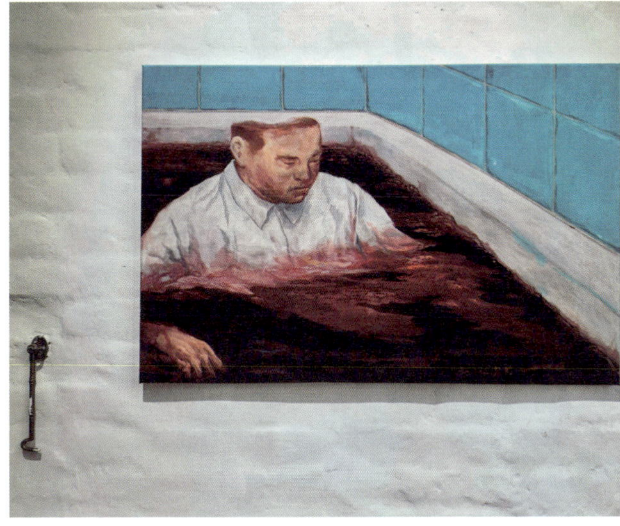

利志達《晚期生活》

郭漢深《碑刻》

尾形香三夫《角皿》

夏永康《In the Mood for Love #5》

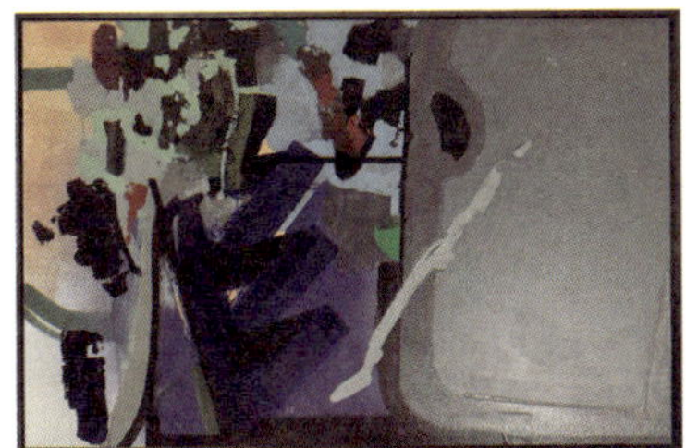

陳育強《藏》

蔡鈺娟《無風雨，也無情》

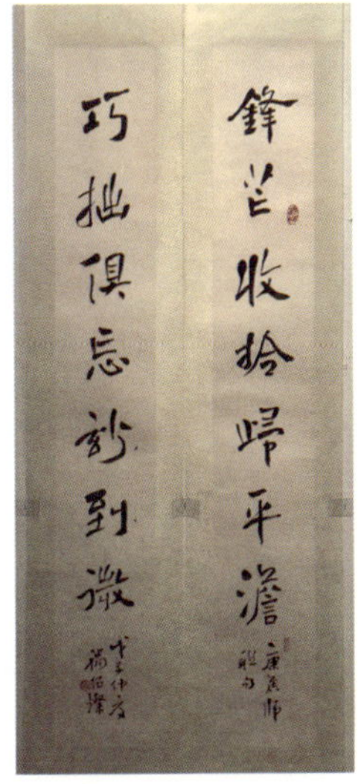

禤紹燦
《鋒芒收拾歸平澹 巧拙俱忘到妙微》

黃進曦《時光機》

金耀基
《人間多少興亡事　不值青山一笑看》

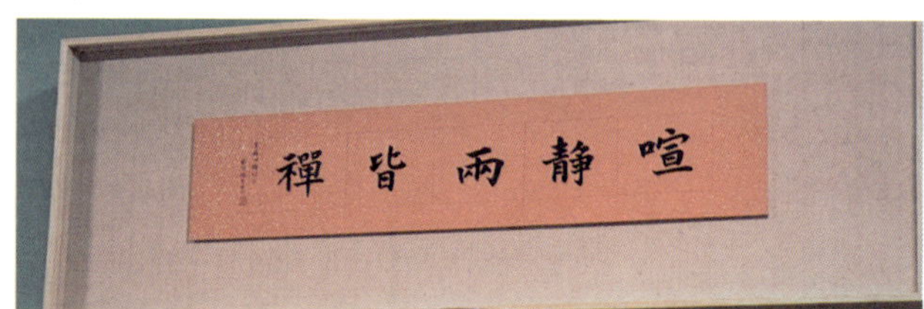

楊之水《喧靜兩皆禪》

楊東龍《靜物》

黃詩慧《五牛圖》

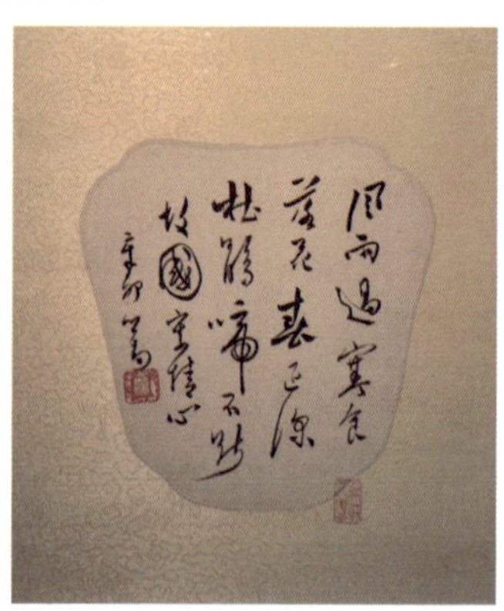

溥心畬《行書五絕》

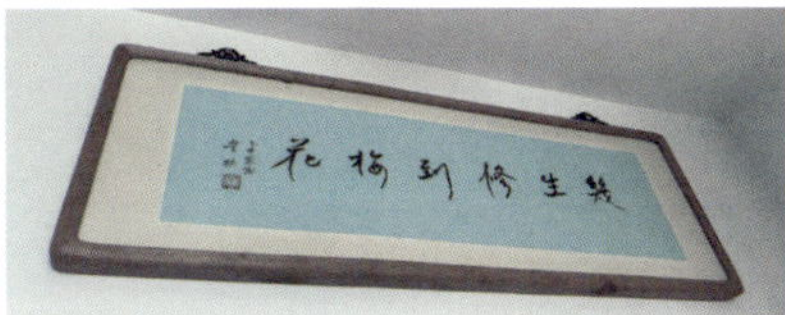

董橋《 幾生修到梅花 》

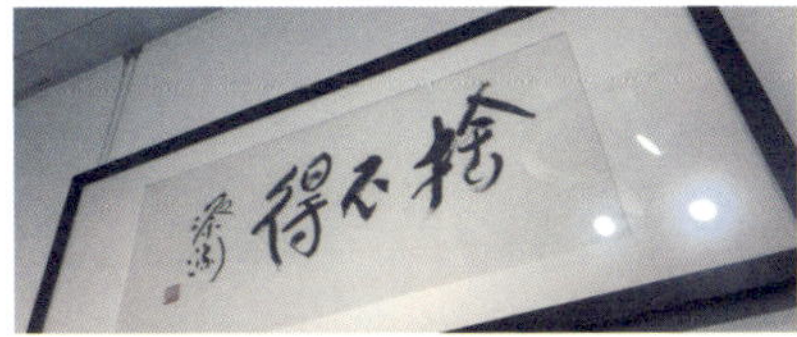

蔡瀾《 捨不得 》

區大為《 因為懂得 所以慈悲 》

蔣勳《 秋分 》

藝術看甚麼——
天價與無價之間

作　　者　伍常
責任編輯　Yannes
書籍設計　五十人
圖片提供　伍常、Pexels

在世界中哼唱，留下文字迴響。

出　　版　蜂鳥出版有限公司
電　　郵　hello@hummingpublishing.com
網　　址　www.hummingpublishing.com
臉　　書　www.facebook.com/humming.publishing/

發　　行　泛華發行代理有限公司
圖書分類　①藝術　②文化研究
初版一刷　2025 年 7 月

定　　價　港幣 HK$158　新台幣 NT$790
國際書號　978-988-70630-5-6